Anthony Trollope

Schloss Richmond

Fünfter Band

Anthony Trollope

Schloss Richmond
Fünfter Band

ISBN/EAN: 9783743655355

Hergestellt in Europa, USA, Kanada, Australien, Japan

Cover: Foto ©Andreas Hilbeck / pixelio.de

Weitere Bücher finden Sie auf **www.hansebooks.com**

Schloß Richmond.

Roman

von

Anthony Trollope,

Verfasser von: „Doctor Thorne,“ „Die Bertrams“ ꝛc.

Deutsch

von

A. Kretzschmar.

Fünfter Band.

Wurzen,
Verlags-Comptoir.
1863.

Schloß Richmond.

Fünfter Band.

Erstes Kapitel.

Pallida Mors.

Als Mr. Somers von Hap House zurückkam, entledigte er sich des Auftrags, welchen Owen ihm an Herbert Fitzgerald ertheilt, sagte diesem aber gleichzeitig, daß nach seiner Ansicht eine solche Zusammenkunft zu nichts Sonderlichem führen würde.

„Ich ging hin,“ sagte er, „weil ich nicht Etwas unterlassen wollte, was Mr. Prendergast angerathen, aber ich erwartete gleich nicht, daß irgend etwas Gutes daraus kommen würde. Sie wissen, was ich von jeher von Owen Fitzgerald gedacht habe.“

„Mr. Prendergast aber sagte, er habe sich so gut benommen,“ meinte Herbert.

„Er kannte Mr. Prendergast nicht, und ward für den Augenblick durch Das, was er gehört hatte, eingeschüchtert. Es war dies auch ganz natürlich. Machen Sie übrigens, was Sie wollen, nur lassen Sie ihn nicht nach Schloß Richmond herüberkommen."

Owen verließ sich jedoch nicht einzig und allein auf Mr. Somers, sondern schrieb den nächstfolgenden Tag an Herbert, daß es am Besten sein würde, wenn sie eine Zusammenkunft hätten, wobei er zugleich bat, ihm Zeit und Ort zu bestimmen. Er selbst brachte dazu Hap House in Vorschlag und erklärte, er werde an jedem Tage und zu jeder Stunde, die sein Cousin wähle, zu Hause sein, „nur," setzte er hinzu, „wollen wir uns je eher, desto lieber besprechen."

Herbert antwortete sogleich durch denselben Boten und schrieb, er werde zeitig den nächstfolgenden Morgen bei ihm sein. Demzufolge fuhr er am nächstfolgenden Morgen an der Thür von Hap House vor, während Owen noch bei seiner Kaffeekanne und mit Messer und Gabel in der Hand am Frühstückstische saß.

Capitain Donnellan, den wir bei Gelegenheit unsers ersten Morgenbesuchs hier sahen, war jetzt fort, und Owen Fitzgerald daher ganz allein in seinem Hause. Der Capitain war ein gewohnter Gast gewesen und hatte während der Jagdsaison vielleicht die Hälfte seiner Zeit hier verlebt; seitdem aber Mr. Prendergast in Hap House gewesen, hatte man ihm zu verstehen gegeben, daß der Hausherr gern allein sein möchte. Seit diesem Tage hatte Owen auch keine einzige Jagd wieder mitgemacht, man hatte ihn nicht an den Orten gesehen, die er sonst zu besuchen gepflegt, und eben so wenig hatte er mit seinen alten Freunden gesprochen.

Er war zu Hause geblieben, hatte nachdenklich am Feuer gesessen, war seine Allee auf- und abspazirt, oder hatte unthätig an der Stallthür gestanden, ohne nach seinen Pferden zu sehen.

Nur ein einziges Mal hatte er eines derselben bestiegen, und war bei Einbruch der Dämmerung rasch nach Desmond Court hinüber geritten, gerade als ob er etwas Wichtiges beabsichtigte. Wenn dies aber auch der Fall war, so besann er sich doch anders, als er an das Thor kam, denn er ritt dann langsam drei- oder vierhundert Schritt weiter, warf dann sein Pferd herum, ritt langsam bis an das Thor zurück, und dann in scharfem Trabe wieder nach Hap House.

Als Herbert in das Zimmer trat, erhob Owen sich und ging seinem Cousin mit ausgestreckter Hand und freundlicher Miene entgegen. Sein Benehmen war ein ganz anderes, als da er sich vor wenigen

Tagen auf dem Boden von Schloß Richmond von seinem Cousin getrennt. Damals hatte er die bestimmte Absicht gehabt, Herbert Fitzgerald Trotz zu bieten, jetzt aber lag weder in seiner Geberde, noch in seinem Gesicht, noch in dem Ton seiner Stimme ein Geist des Trotzes oder der Herausforderung.

„Ich freue mich, daß Du gekommen bist," sagte er. „Ich wäre eben so gern zu Dir gekommen, wenn ich nicht geglaubt hätte, es wäre für uns Beide besser, wenn wir uns hier träfen."

Herbert entgegnete, daß er diesen Weg mit der größten Bereitwilligkeit gemacht habe. Dabei aber hatte er sich in diesem Augenblick nicht so in der Gewalt, wie sein Cousin, und er wußte nicht recht, wie er den Gegenstand, den sie mit einander besprechen wollten, anfassen sollte.

„Du weißt wohl, daß Mr. Prendergast hier war?" fragte O[illegible]

„Ja wohl," sagte Herbert.

„Und Mr. Somers auch? Ich gestehe Dir offen, Herbert, daß, als Mr. Somers kam, ich keine Lust verspürte, viel mit ihm zu sprechen. Was gesagt werden muß, muß zwischen Dir und mir gesagt werden, und nicht zu einer dritten Person. Vor Mr. Somers könnte ich nicht mein Herz ausschütten."

Zur Antwort hierauf sagte Herbert wieder, Owen brauche kein Bedenken zu tragen, sich gegen ihn auszusprechen.

„Die Sache ist ja ganz klar — nur zu klar, fürchte ich," sagte er. „An der Wahrheit Dessen, was Mr. Prendergast Dir gesagt, waltet jetzt nicht mehr der mindeste Zweifel ob."

Und nachdem Herbert dies gesagt, wartete er, daß Owen sprechen würde. Er selbst hatte Wenig oder Nichts zu sagen. Schloß Richmond mit seinem Titel und seinen Fluren sollte nicht sein werden, sondern war das künftige Besitzthum dieses Mannes, neben welchem er jetzt saß. Sobald Beide zu dieser bestimmten Ansicht gelangt waren, gab es Nichts weiter zu besprechen — wenigstens Nichts in Bezug auf Herbert. Was jenes andere und härtere Unglück betraf, nämlich das, welches den Namen und die Stellung seiner Mutter berührte — so fühlte er sich nicht berufen, darüber mit Owen Fitzgerald zu sprechen. Auch war es nicht nothwendig, daß er Etwas in Bezug auf seine große Tröstung sagte — die Tröstung, die er von Clara Desmond empfangen.

„Und ist es denn wahr, Herbert," fragte Owen endlich, „daß mein Onkel so krank ist?"

Während ihres freundschaftlichen Verkehrs hatte Owen stets Sir Thomas seinen Onkel genannt, obschon er in der letzten Zeit aufgehört hätte, dies zu thun.

„Ja, er ist sehr krank," antwortete Herbert. Es war dies ein Thema, für welches Owen sicherlich das Recht hatte, sich zu interessiren, da ja seine eigene Standeserhöhung die unmittelbare Folge des Todes des jetzigen Besitzers von Schloß Richmond sein mußte. Herbert meinte aber im Stillen, daß diese Frage wohl hätte unterbleiben können. Dieselbe war indessen fast nur in der Absicht gethan worden, einige wenige Augenblicke zu gewinnen.

„Herbert," begann Owen endlich, indem er sich von seinem Stuhle erhob, „ich weiß nicht, inwieweit Du mir glauben wirst, wenn ich Dir sage, daß diese Neuigkeit mir großen Kummer verursacht hat. Ich bedauere Deinen Vater, Deine Mutter und Dich von Grund meines Herzens."

„Das ist sehr freundlich von Dir," sagte Herbert. „Der Streich ist aber gefallen, und was mich selbst betrifft, so glaube ich, ich kann ihn ertragen. Mein Herz hängt nicht an Reichthum."

„Das meinige auch nicht," entgegnete Owen in lauterm Tone als vorher. „Auch ich frage nicht viel nach Besitz und Vermögen. Ich habe es Dir von jeher gegönnt, und gönne es Dir jetzt noch.

Ich habe es nie begehrt, und begehre es auch jetzt noch nicht."

„Aber dennoch wird es Dein sein, magst Du es begehren oder nicht," entgegnete Herbert, und dann trat wieder eine Pause ein, während welcher Herbert still saß und Owen mit dem Rücken an den Kaminsims gelehnt stand.

„Herbert," sagte Owen, nachdem sie so zwei oder drei Minuten lang geschwiegen hatten, „ich habe in dieser Sache meinen Entschluß gefaßt und will Dir ganz aufrichtig sagen, was ich wünsche und was ich nicht wünsche. Ich wünsche nicht, in den Besitz Deines Erbtheils zu gelangen, wohl aber wünsche ich, daß Clara Desmond mein Weib werde.

„Owen," entgegnete Herbert, indem er sich ebenfalls erhob, „als ich hierher kam, erwartete ich nicht, daß Du darüber mit mir sprechen würdest."

„Aber eben damit wir hierüber sprechen könnten, bat ich Dich, hierher zu kommen. Höre mich an. Wenn ich sage, daß ich Clara Desmond zu meinem Weibe zu machen wünsche, so meine ich damit, daß ich dies wünsche, und sonst weiter Nichts. Es mag wahr sein, daß ich der gesetzliche Erbe des Vermögens Deines Vaters bin oder sein werde. Aber, Herbert, ich will auf Alles verzichten, weil ich fühle, daß es mir nicht gehört. Ich will darauf in jeder Weise verzichten, die mich vollständig und für immer davon trennt. Dagegen aber verlange ich, daß Du Dich von ihr trennst, welche mein gehörte, ehe Du sie noch kanntest."

Und somit machte er den Vorschlag, zu welchem er sich seit dem Morgen entschlossen, an welchem Mr. Prendergast zu ihm gekommen war.

Herbert war eine Weile stumm vor Erstaunen — nicht sowohl über die Don Quixote'sche Großmuth des Vorschlags, als vielmehr über den Einfall, daß ein solcher Plan überhaupt ausgeführt werden könne.

Herbert's beste Eigenschaft war ohne Zweifel sein guter gesunder Menschenverstand, und dieser empörte sich gegen einen Vorschlag, welcher voraussetzte, daß alle gesetzlichen Bestimmungen und gewöhnlichen Bande des Lebens durch eine solche Uebereinkunft zwischen zwei jungen Männern über den Haufen geworfen werden könnten.

Er wußte, daß Owen Fitzgerald seinen Anspruch auf ein Besitzthum von vierzehntausend Pfund jährlichen Einkünften nicht so ohne Weiteres aufgeben, und daß Niemand ein solches Geschenk annehmen konnte, selbst wenn es möglich gewesen wäre, ein solches zu machen. Das Grundbesitzthum und der Titel mußte Owen gehören, und konnte unmöglich blos auf sein Wort und nach seinem Gutdünken irgend Jemanden anders zufallen.

Wie konnte ferner die Liebe eines Mädchens, wie Clara Desmond, nach dem Willen ihrer Freier hin- und hergetauscht werden? Daß sie ein Mal Owen's Liebe angenommen, dies wußte Herbert, später aber hatte sie nach reiflicherer Ueberlegung und mit besserem Urtheil die seine angenommen. Wie konnte er sie nun einem Andern geben, oder wie konnte dieser Andere, wenn sie auf diese Weise aufgegeben ward, Besitz davon nehmen? Der Vertrag war von der Art, daß er unmöglich ausgeführt werden konnte, und dennoch meinte Owen, indem er seinen Vorschlag machte, es vollkommen ernstlich und aufrichtig damit.

„Das ist unmöglich," sagte Herbert leise.

„Warum unmöglich? Kann ich mit Dem, was mein gehört, nicht thun, was ich will? Es ist nicht unmöglich. Ich mag mit Deinem Erbtheil Nichts zu thun haben. Es gehört auch in der That nicht mein, und ich will es nicht haben. Ich will Dich nicht eines Besitzthums berauben, welches als dem Sohne Deines Vaters Dir gehört. Dagegen aber —"

„Owen, sprich nicht davon. Würdest Du wohl

ein Mädchen, welches Du liebst, für irgend welchen Reichthum, für irgend ein Erbtheil aufgeben?"

„Du kannst sie nicht lieben, wie ich sie liebe. Ich will über diese Sache offen mit Dir sprechen, wie ich noch nie mit Jemanden darüber gesprochen. Von dem Augenblick an, wo ich Clara Desmond zum ersten Male gesehen, ist der einzige Wunsch meines Lebens gewesen, sie mein Weib zu nennen. Ich habe mich nach ihr gesehnt, wie ein Kind sich sehnt, wenn Du weißt, was ich damit meine. Als ich sah, daß sie alt genug war, um zu verstehen, was Liebe heißt, sagte ich ihr, was in meinem Herzen lebte, und sie nahm meine Liebe an. Sie schwur mir, mein zu sein, möchten Mutter oder Bruder sagen, was sie wollten. So wahr Du hier stehst, so wahr liebte sie mich innig und aufrichtig. Und was meine Liebe zu ihr betrifft, so versichere ich Dir, Herbert, daß ich niemals etwas Anderes geliebt habe, als sie — weder Mann noch Weib, weder Reichthum noch Titel. Ich verlange weiter Nichts, als Das, was mein gehört."

„Aber, Owen —" begann Herbert und berührte seinen Cousin am Arme.

„Nun, warum sprichst Du nicht? Ich habe deutlich gesprochen."

„Es ist nicht so leicht, über alle Dinge deutlich

zu sprechen. Ich möchte, wenn ich es vermeiden könnte, nicht gern ein Wort sagen, welches Dein Gefühl verletzen könnte."

„Kehre Dich nicht an mein Gefühl. Sprich Dich aus und laß uns in Gottes Namen die Wahrheit hören. Mein Gefühl ist noch niemals sehr in Betracht gezogen worden — weder in dieser Angelegenheit, noch in einer andern."

„Wie mir scheint," sagte Herbert, „kann es weder von Deinem, noch von meinem Willen abhängen, wem Lady Clara ihre Hand schenken soll."

„Du meinst, dies hänge von ihrer Mutter ab."

„Nein, durchaus nicht. Ihre Mutter wäre jetzt die Letzte, die sich zu meinen Gunsten erklärte. Ich meine, es müsse von ihr selbst abhängen. Wenn sie mich liebt, wie ich hoffe und glaube — ja, wie ich überzeugt bin —"

„Mich liebte sie!" schrie Owen.

„Auch in diesem Falle — ich sage jetzt Nichts hierüber — aber selbst in diesem Falle wirst Du nicht verlangen, daß sie Dich heirathe, wenn sie Dich nicht noch liebt. Du wirst doch nicht wünschen, daß sie Dein Weib werde, wenn ihr Herz mir gehört."

„Sie hat es Dir auf Geheiß ihrer Mutter geschenkt."

„Wie es mir auch geschenkt worden sein mag, so ist es jetzt mein und kann nicht zurückgegeben werden. Schau' her, Owen. Ich will Dir ihre letzten zwei Briefe zeigen, wenn Du mir es erlaubst, nicht um damit zu prahlen, sondern damit Du ihre Wünsche kennen lernst.“

Und er nahm aus seiner Brusttasche, in welcher er sie, seitdem er sie empfangen, stets mit sich herumgetragen, die beiden Briefe, welche Clara an ihn geschrieben. Owen las sie Beide zwei Mal durch, ehe er sprach, erst den einen, und dann den andern, und ein unbeschreiblicher Ausdruck von Schmerz malte sich auf seiner Stirn. Die Sprache dieser Briefe war so zart, so süß, so edel! Er hätte die ganze Welt darum gegeben, wenn diese Briefe von ihr an ihn geschrieben gewesen wären.

Aber selbst die Briefe überzeugten ihn nicht. Sein Herz hatte sich niemals geändert, und er konnte nicht glauben, daß eine Veränderung in dem ihrigen vorgegangen sei.

„Ich hätte wissen sollen,“ sagte er, indem er die Briefe zurückgab, „daß Clara viel zu edel sein würde, um Dich in Deinem Unglück zu verlassen. So lange Du reich warst, hatte ich vielleicht einige Aussicht, sie wieder zu gewinnen — trotz der Machinationen ihrer Mutter. Nun aber, wo sie glaubt,

Du seiest arm —" und er schwieg und barg das Gesicht in den Händen.

Es lag in Dem, was er zuletzt sagte, unzweifelhaft etwas Wahres. Clara's Liebe zu Herbert war niemals leidenschaftlich gewesen, bis die Leidenschaft durch sein Unglück hervorgerufen worden. An Owen hatte sie oft mit Sehnsucht gedacht. Obschon sie sich entschlossen, ihre Liebe zurückzuziehen, so hatte sie doch niemals gänzlich aufgehört, ihn zu lieben. Ihr Urtheil hatte ihr geboten, ihr ihm gegebenes Wort zu brechen, und sie hatte ihrem Urtheil gehorcht. Sie hatte sich selbst gestanden, daß ihre Mutter Recht hatte, als sie ihr sagte, sie könne ihr eigenes bankerottes Loos nicht mit dem Loos eines Mannes vereinigen, welcher nicht blos arm, sondern auch ein Verschwender sei, und somit hatte sie das Bild des Mannes, den sie geliebt, aus ihrem Herzen gerissen, oder sich wenigstens bemüht, es herauszureißen. Und dann war Herbert mit seinem Antrag gekommen — ein Bewerber, der in jeder Beziehung für sie paßte.

Sie hatte ihn nicht geliebt, wie sie Owen geliebt hatte. Sie hatte niemals gefühlt, daß sie ihn anbeten, bei dem Tone seiner Stimme zittern, den Blick seines Auges beobachten und in sein Gesicht schauen könne, als ob er halb göttlich wäre. Sie erkannte aber seinen Werth an und schätzte ihn; sie wußte, daß es ihr gezieme, einen Bewerber zu wählen, und nun, wo ihr Traum vorüber war, wo konnte sie besser wählen, als hier?

Und somit hatte sie Herbert's Antrag angenommen. Sie hatte ihn angenommen, aber der Traum war noch nicht ganz vorüber. Owen war in einer mißlichen Lage. Seine Umgebung sprach übel von ihm, seine eigenen Verwandten mieden ihn, er führte ein Leben, welches sich fern von Allem bewegte, was den Menschen wahrhaft erfreuen und veredeln kann, und aus diesen Gründen konnte Clara ihren Traum nicht ganz vergessen. Sie hatte gewissermaßen, ohne es zu wissen, an ihrer alten Liebe festgehalten, bis er, dem sie nun Treue gelobt, in Mißgeschick gerieth, und nun ward Alles anders. Nun ward ihre Liebe zu Herbert wirklich eine Leidenschaft, und dann, als Owen reich geworden war, fühlte sie, daß sie ohne Gewissensbisse an ihn denken könne. Er hatte jedenfalls eingesehen, daß nun, wo Herbert aufgehört hatte, reich zu sein, für ihn, Owen, alle Aussicht entschwunden war.

„Owen," sagte Herbert in weichem Tone, denn in diesem Augenblick fühlte er, daß er seinen Cousin liebte und bemitleidete, „wir müssen Jeder die Last tragen, welche das Schicksal uns auferlegt hat. Es ist möglich, daß wir Beide nicht zu beneiden sind. Ich habe Alles verloren, was die Menschen hoch zu schätzen pflegen, und Du —"

„Ich habe Alles verloren, was auf Erden Werth für mich hat. Doch nein, es ist nicht verloren — noch nicht verloren. So lange sie noch Clara Desmond heißt, kann ich sie eben so gut gewinnen, wie Du. Und, Herbert, überlege Dir's, ehe Du mich zu Deinem Feind machst. Sieh', was ich Dir biete — nicht als Tausch, wohlgemerkt. Ich verzichte auf alle meine Ansprüche auf das Besitzthum Deines Vaters. Ich will jedes Document unterzeichnen, welches Deine Sachwalter mir bringen, und welches den Zweck hat, Dir Dein Erbtheil zurückzugeben. Was mich betrifft, so würde ich es verschmähen, Etwas zu nehmen, was von Rechtswegen einem Andern gehört. Ich mag Dein Besitzthum nicht haben. Komme was da wolle, ich mag es nicht haben. Ich überantworte es Dir, entweder als meinem Feind, oder als meinem Freund."

„Ich hoffe aufrichtig, daß wir Freunde bleiben mögen, aber Das, was Du sagst, ist unmöglich."

„Es ist nicht unmöglich. Ich erkläre hiermit, daß ich keinen Acker von dem Grundbesitz Deines Vaters nehme, aber ich erkläre auch zugleich, daß ich stets Dein Feind sein werde, wenn Clara Desmond

Dein Weib wird, und es ist mir mit Dem, was ich sage, völliger Ernst. Ich habe meinen Sinn auf einen Gegenstand, und zwar nur auf einen gerichtet, und wenn ich diesen nicht erlange, dann bin ich für immer zu Grunde gerichtet."

Herbert schwieg, denn er wußte nicht, was er weiter sagen sollte. Er fühlte, wie andere Menschen gefühlt haben würden, daß Jeder von ihnen behalten müsse, was das Schicksal ihm gegeben. Das Schicksal hatte entschieden, daß Owen der Erbe von Schloß Richmond sein solle, und der auf diese Weise gefällte Spruch mußte gültig sein. Eben so hatte das Schicksal entschieden, daß Owen von Clara Desmond zurückgewiesen werde, und dieser zweite Urtheilsspruch, dachte Herbert, müßte ebenfalls Gültigkeit besitzen.

Er verspürte jedoch keine Neigung, noch weiter über diesen Punkt zu disputiren. Sein Cousin fing an, hitzig und aufgebracht zu werden, und Herbert begann zu wünschen, daß er wieder auf dem Rückwege wäre, um bald an das Bett seines Vaters, oder in das Zimmer seiner Mutter zu gelangen, um sie zu trösten und getröstet zu werden.

„Nun," sagte Owen nach einer Weile mit seiner tieftönenden Stimme, „was sagst Du zu meinem Anerbieten?"

„Ich habe Nichts weiter zu sagen. Wir müssen Jeder unseren eigenen Weg einschlagen. Was mich betrifft, so habe ich Alles verloren, nur Eins nicht, und es ist nicht wahrscheinlich, daß ich dieses von mir werfen werde.“

„Und ich werde eben so wenig, so wahr mir Gott helfe, mich um dieses Eine betrügen lassen. Ich habe Dir brüderliche Liebe, Reichthum und Alles geboten, was die Freundschaft für einen Menschen thun kann. Thue mir meinen Willen, und ich will stets Dein unverbrüchlicher Kamerad und Bruder sein.“

„Verdiente ich aber wohl den Namen eines Mannes, Owen, wenn ich hierin nachgeben wollte?“

„Eines Mannes? Ja wohl! Es ist blos Stolz, der Dich leitet. Du liebst Clara nicht, Du hast sie niemals geliebt, wie ich sie geliebt habe; Du hast nicht lange Monate für Dich allein gesessen und an sie gedacht, wie ich gethan. Schon von der Zeit an, wo sie noch Kind war, betrachtete ich sie als mein. Sie ist, so wahr mir Gott in meinem letzten Stündlein helfe, Alles, was ich in dieser Welt begehrt habe — Alles! Aber sie habe ich mit solcher Sehnsucht des Herzens begehrt, daß ich mich nicht überwinden kann, ohne sie zu leben — auch will und werde ich dies nicht.“

Und dann versanken Beide wieder in Schweigen.

„Es wird am Besten sein, wenn wir uns jetzt trennen," sagte Herbert endlich. „Ich glaube nicht, daß wir Etwas gewinnen, wenn wir weiter über diesen Gegenstand sprechen."

„Nun, Du weißt das am Besten; ich habe jedoch noch eine weitere Frage an Dich zu thun."

„Und was für eine ist dies, Owen?"

„Du gedenkst immer noch, Clara Desmond zu heirathen?"

„Ja wohl; natürlich gedenke ich das."

„Und wann? Du bist, glaube ich, nicht so feigherzig, daß Du Dich scheuen solltest, offen auszusprechen, was Du zu thun beabsichtigst."

„Wann — das kann ich nicht sagen. Ich hatte gehofft, daß es sehr bald geschehen konnte, aber diese Katastrophe stellt natürlich Alles der ungewissen Zukunft anheim. Es können Jahre vergehen."

Diese letzten Worte waren die einzigen angenehmen, welche Owen bis jetzt gehört. Wenn eine jahrelange Verzögerung stattfand, war dann seine Aussicht nicht vielleicht noch eben so gut, wie die Herbert's? Diese Verzögerung sollte ja aber die Folge der zu Grunde gerichteten Vermögensumstände seines Cousins sein, und Owen hatte sein Wort gegeben, diesem Ruin vorzubeugen! Sollte er nun durch seine eigne That seinen Feind in den Stand setzen, gerade den Schritt zu thun, welchen er so fest entschlossen war zu verhindern?

„Willst Du,“ sagte er, „mir versprechen, sie während der nächsten drei Jahre nicht zu heirathen? Versprich mir dies, und ich verspreche Dir Dasselbe.“

Herbert war überzeugt, daß für ihn keine Möglichkeit vorhanden sei, innerhalb der genannten Zeit zu heirathen, nichtsdestoweniger aber konnte er sich nicht überwinden, ein solches Versprechen zu geben. Er wollte in Bezug auf Clara Desmond, auf seine Clara, keinen Vertrag eingehen, durch welchen in irgend einer Weise ein Zweifel an seinem eigenen Recht eingeräumt ward. Hätte Owen von ihm verlangt, er solle versprechen, Clara nicht im Laufe der nächsten Woche zu heirathen, so würde er auch dieses Versprechen nicht gegeben haben.

„Nein,“ sagte er, „das kann ich nicht versprechen.“

„Sie ist jetzt erst siebzehn Jahre alt.“

„Darauf kommt Nichts an. Ich gebe deßhalb kein solches Versprechen, weil Du in dieser Beziehung kein Recht hast, es zu verlangen. Wenn Clara einwilligt, auf Gefahr ihres Glückes hin zu mir zu kommen, so werde ich sie heirathen.“

Owen ging jetzt mit raschen Schritten im Zimmer auf und ab.

„Du hast nicht den Muth, mit mir ehrlich zu kämpfen,“ sagte er.

„Ich wünsche gar nicht mit Dir zu kämpfen.“

„Ha, Du mußt aber! Soll ich vielleicht mir die Beute entreißen lassen, ohne sie zu behaupten zu suchen? Nein, beim Himmel! Du mußt mit mir kämpfen, und ich sage Dir gerade heraus, der Kampf soll ein so hitziger werden, wie ich ihn machen kann. Ich habe Dir geboten, was ein Mensch selten im Stande ist, dem Andern zu bieten — Geld, Grundbesitz, Reichthum und Stellung — alles Dies werfe ich von mir, weil ich fühle, daß es eigentlich Dein gehört, und ich verlange dagegen blos die Liebe eines jungen Mädchens. Ich verlange diese, weil ich fühle, daß sie eigentlich mein ist. Wenn sie mir nicht mehr gehört — was ich aber nicht glaube — so ist sie mir von einem Dieb in der Nacht gestohlen worden. Sie liebte mich, wenn jemals ein Mädchen einen Mann geliebt hat, aber sie ward von mir getrennt, und ich ertrug dies geduldig, weil ich Vertrauen zu ihr hatte. Sie war aber jung und schwach, und ihre Mutter war stark und schlau. Auf die Bitten und Vorstellungen ihrer Mutter hin hat sie Deine Bewerbung angenommen, und wäre ich niedrig genug, Dir Dein väterliches Erbe vorzuenthalten, so würde ihre Mutter sie Dir eben so wenig geben, als sie damals sie mir geben wollte. Dies ist wahr, und wenn Du weißt, daß es wahr ist, so bist Du ein gemeiner Feigling und kein Fitzgerald, weil Du mir dann Etwas vorenthältst, was ich das Recht habe, als mein zu beanspruchen. Du willst nicht mit mir kämpfen? Ja wohl mußt Du mit mir kämpfen! Wir können nicht Beide hier in diesem Lande leben, wenn Clara Desmond Dein Weib wird. Merke wohl, was ich sage. Wenn Du Clara heirathest, so können wir Beide hier nicht Einer in des Andern Nachbarschaft leben!"

Er schwieg einen Augenblick und setzte dann hinzu:

„Nun kannst Du gehen, wenn Du willst, denn ich habe gesagt, was ich zu sagen hatte."

Und Herbert ging wirklich fast ohne ein Wort des Abschieds. Was konnte er zur Antwort auf solche Drohungen sagen? Daß sein Cousin in jeder Beziehung unvernünftig war — in seiner Großmuth und Freigebigkeit eben so unvernünftig, wie in seinen Ansprüchen — davon fühlte er sich überzeugt. Ein unvernünftiger Mensch aber ist für Beweisgründe unzugänglich. Ein Wahnsinniger ist wahnsinnig, weil er wahnsinnig ist. Herbert hätte viel Vernünftiges zu Gunsten seiner Ansichten anführen können; aber was konnte ihm dies Owen Fitzgerald gegenüber nützen? Und somit ging er, ohne weiter Etwas zu sagen, seines Weges.

Als er fort war, fuhr Owen noch eine Zeit lang fort, in seinem Zimmer auf- und abzugehen, und dann sank er wieder auf seinen Stuhl nieder. So abscheulich widersinnig auch Allen, welche dies lesen, seine Art und Weise, diese Familienangelegenheiten zu schlichten, ohne Zweifel scheinen mag, so hatte doch er darin nicht blos ein leichtes, sondern auch ein erfreuliches Mittel, Zufriedenheit für alle Betheiligte herbeizuführen, gesehen. Seine Absicht, auf das Erbe von Schloß Richmond zu verzichten, war vollkommen ernst gemeint.

Mr. Prendergast hatte ihm erklärt, daß die Erbfolge des Besitzthums sich bis auf ihn erstrecke, aber nicht weiter; und er hatte dies ohne Zweifel in der stillschweigenden Absicht gethan, daß ein freundschaftliches Arrangement zu Stande kommen werde, in Folge dessen ein Theil des Besitzthums vorbehalten und an Sir Thomas' Kinder zurückgegeben würde.

Owen aber hatte die Sache von einer ganz andern Seite aufgefaßt. Er hatte, glaubte er, kein Recht, alle jene Umstände der Vermählung seines alten Cousins näher zu untersuchen. Ein solches Bündniß war vor den Augen Gottes eine wirkliche Ehe, und sollte auch von ihm als eine solche betrachtet werden. Er wollte von einem so furchtbaren Zufall keinen Nutzen ziehen.

Nein, er wollte keinen Nutzen davon ziehen. So sagte er wiederholt zu sich selbst, und dennoch, während er dies sagte, beschloß er, Nutzen zu ziehen. Das Vermögen, das Familiengut wollte er nicht anrühren, wenn er aber sich dessen enthielt, so war Herbert sicherlich so großmüthig, ihm den Trost seiner Liebe zu lassen. Und er trug kein Bedenken, Clara für den ärmeren Bräutigam zu bestimmen, anstatt für den reicheren. Er war jetzt nicht ärmer, als damals, wo sie seinen Antrag angenommen.

Wenn er die Sache von dieser Seite betrachtete, hatte er dann nicht das Recht, zu verlangen, daß sie ihrem ersten Worte treu bliebe? Gab es wohl Jemanden, der die Theorie rechtfertigte, daß ein Mädchen einen armen Liebhaber aufgeben darf, weil ihr ein reicher in den Weg kommt?

Owen hatte seine eigenen Begriffe von Recht und Unrecht — Begriffe, die nicht ohne gewisse Basis von rauher, schroffer Gerechtigkeit waren, und Nichts konnte denselben entgegengesetzter sein, als eine solche Doctrin.

Uebrigens glaubte er auch noch in seinem Herzen, er sei Clara immer noch theurer, als jener andere reichere Freier. Er hörte dann und wann von ihr, und Die, welche ihm von ihr erzählt, hatten erklärt, sie sehne sich noch fortwährend nach ihm.

Diese Versicherung hatte zum großen Theil ihren Grund in der Schmeichelei der Dienstböten und in der Kriecherei einiger andern Personen in seiner Nähe, welche bei ihm gut zu stehen wünschten. Er hatte es aber geglaubt. Er war nicht dünkelhaft, ja nicht ein Mal eitel. Er hielt sich nicht für geistreicher, als seinen Cousin, und was äußere Erscheinung betraf, so war dies ein Punkt, zu welchem seine Gedanken sich niemals herabließen; wohl aber besaß er ein Selbstvertrauen und eine männliche Zuversicht, welche ihn abhielt, an der Liebe einer Person zu zweifeln, welche ihm gesagt, daß sie ihn liebe.

Daß Herbert die schöne Clara Desmond wirklich liebe, glaubte er nicht. Sein Cousin war, wie er meinte, zu kalt, um wahrhaft lieben zu können. Daß Clara einen hohen Werth für ihn hatte, daran zweifelte Owen nicht. Herbert schätzte sie jedenfalls wegen ihrer Schönheit, ihres hohen Ranges und ihrer unvergleichlichen Anmuth; aber was hatte eine solche Werthschätzung mit Liebe zu thun? Hätte Herbert wohl auch Alles für Clara Desmond geopfert?

Hätte er um ihretwillen den Pelion auf den Ossa gethürmt? Hätte er um ihretwillen den Essil ausgetrunken?

Alles Dies und noch mehr würde Owen gethan haben; er hätte mehr gethan, als irgend ein Laërtes je geträumt hätte. Er wollte für immerdar jeden Anspruch auf das reiche Besitzthum aufgeben, welches die Fitzgeralds von Schloß Richmond zu den einflußreichsten und angesehensten Leuten in der ganzen Grafschaft machte.

Und so fachte er sich zur Wuth an, während er an den Mangel an Großmuth dachte, welchen sein Cousin gegen ihn bewiesen. Herbert sollte der Erbe sein, und weil er der Erbe war, sollte er auch der begünstigte Bewerber sein. Aber es konnte noch Zeit und Gelegenheit geben, und jedenfalls sollte Clara nicht heirathen, ohne die ganze Wahrheit zu erfahren. Herbert war unedel, aber Clara war vielleicht noch gerecht. War dies nicht der Fall, nun so wollte er, wie er schon erklärt, den Kampf wie mit einem Feinde vollständig durchfechten.

Herbert mußte, als er sich auf sein Pferd schwang, um nach Hause zu reiten, bei sich selbst zugeben, daß sein Besuch in Hap-House durchaus Nichts genützt hatte. Es waren Worte gesprochen worden, die besser ungesprochen geblieben wären.

Ein zorniger Mensch klammert sich oft an seinen Zorn fest, weil er diesen ausgesprochen; er will etwas Schlimmes thun, weil er Schlimmes gedroht hat; und er schämt sich, besser zu sein, als seine Worte.

Jene verschwenderischen Versprechungen, welche Owen in Bezug auf das Familienbesitzthum gemacht, konnten auch keinen Trost gewähren. Für Herbert waren sie weiter Nichts, als Mondschein — sehr hübsch und rühmlich für Den, von welchem sie ausgingen, aber ohne alle Bedeutung. Niemand konnte Schloß Richmond besitzen, als Der, dem es von Rechtswegen zukam. Nach dieser Seite hin war also kein Trost zu finden, während sich von andern Seiten eine Menge Mißlichkeiten entgegenstellten. Auf seine Braut zu verzichten, dies fiel Herbert keinen Augenblick lang ein, wohl aber dachte er mit immer höher steigendem Groll an die zornigen Drohungen, welche gegen ihn ausgesprochen worden.

Als er, wie er alle Mal zu thun pflegte, in den Stallhof hineinritt, fand er, daß Richard auf ihn wartete. Dies geschah in der Regel nicht, denn obschon Richard gewöhnlich die Ehre hatte, die Töchter des Hauses zu kutschiren, so fungirte er doch nicht als gewöhnlicher Stalldiener. Er war überhaupt ein Mittelding von Kutscher und Lakai, that, wenn er nicht in der erstern Eigenschaft Dienst hatte, so ziemlich, was er Lust hatte, und gab Jedermann vom Koch abwärts guten Rath. Er dankte Gott, daß er wüßte, was seines Amtes wäre, pflegte er oft zu sagen, außerdem aber wußte es Niemand. Nichtsdestoweniger hatte ihn Jeder gern, selbst die arme Hausmagd, welche er zurechtwies.

„Ist Etwas vorgefallen?“ fragte Herbert, als er das bekümmerte Gesicht des Dieners sah.

„Ach freilich, Mr. Herbert. Sir Thomas ist —“

„Mein Vater ist doch nicht etwa todt!“ rief Herbert.

„O nein, Mr. Herbert, so schlimm ist es nicht, aber es geht sehr schlecht mit ihm. Mylady ist jetzt bei ihm.“

Herbert eilte in das Haus hinein, und am Fuße der Haupttreppe begegnete er einer seiner Schwestern, welche die Hufschläge seines Pferdes gehört hatte.

„O Herbert, ich bin so froh, daß Du da bist,“ sagte sie. Ihre Augen und Wangen waren roth von Thränen, und ihre Hand, als ihr Bruder dieselbe ergriff, kalt und erstarrt.

„Was giebt es, Mary? Geht es schlimmer mit Papa?“

„O viel schlimmer. Mama und Emmeline sind

bei ihm. Er hat drei oder vier Mal nach Dir gefragt, und sagt, er werde bald sterben. Es wird gut sein, wenn ich hinaufgehe und ihm sage, daß Du da bist."

„Und was denkt Mama dazu?"

„Sie ist noch nicht von seiner Seite gewichen, und deßhalb kann ich nicht sagen, was sie denkt; ich sehe ihr aber am Gesicht an, daß sie ebenfalls glaubt, der Tod rücke mit schnellen Schritten heran. Soll ich hinaufgehen, Herbert?"

Und somit ging sie, und Herbert schlich ihr leise auf den Zehen nach, und blieb dann auf dem Corridor neben der Thür des Schlafzimmers stehen und wartete, bis seine Ankunft gemeldet worden wäre. Es dauerte blos eine Minute, so forderte seine Schwester ihn auf, hineinzukommen. Die Fenstergardinen des Zimmers waren dicht zugezogen, da aber das Bett keine Vorhänge hatte, so konnte Herbert das Gesicht seiner Mutter sehen, während dieselbe auf einem Schemel am Bett knieete. Sein Vater lag mit dem Gesicht von ihm abgewendet, mit der einen Hand in der seiner Gattin ruhend, und Emmeline saß am Fuße des Bettes, bedeckte sich das Gesicht mit den Händen und bemühte sich, ihr Schluchzen zu ersticken.

„Da ist Herbert, lieber Thomas," sagte Lady

Fitzgerald in leisem, sanftem Tone, fast flüsternd, aber dennoch deutlich genug, um ohne Mühe verstanden zu werden. „Ich wußte, daß er nicht lange bleiben würde."

Und Herbert ging dem Wink, den seine Mutter ihm mit den Augen gab, folgend, auf die andere Seite des Bettes herum.

„Vater," sagte er, „bist Du heute nicht so wohl, wie sonst?"

„Mein Sohn, mein armer Sohn!" sagte der Sterbende, mühsam die Worte hervorstammelnd, während er die Hand seiner Gattin losließ und die seines Sohnes ergriff. Herbert fühlte, daß sie feucht, kalt und kraftlos war.

„Lieber Vater, Du darfst Dich darüber nicht bekümmern — mich bekümmert es nicht im Mindesten. Ist es nicht gut, wenn der Mensch sein Brot selbst verdienen muß? Ist das nicht das Loos aller guten Menschen?"

Aber immer wieder murmelte der alte Mann mit gebrochener Stimme:

„Mein Sohn! mein armer Sohn!"

Die Hoffnungen und Bestrebungen seines ältesten Sohns sind gleichsam der Lebenshauch eines Engländers, welcher zu Grundbesitz und Vermögen geboren ist. Was hatte nicht dieser arme Mann geduldet, damit sein Sohn Sir Herbert Fitzgerald von Schloß Richmond werden möchte! Dies war aber nicht mehr möglich, und von dem Augenblick an, wo der Vater diese Ueberzeugung gewonnen, fühlte er, daß ihm nun Nichts weiter übrig bliebe, als zu sterben.

„Mein armer Sohn," murmelte er, „sage mir, daß Du mir verziehen hast."

Und dann knieeten sie Alle um das Bett herum nieder und beteten mit ihm, und dann versuchten sie ihn zu trösten, indem sie ihm sagten, wie gut er gegen sie gewesen.

Seine Gattin flüsterte ihm in's Ohr, daß, wenn von einem Fehler die Rede sein könne, dieser von ihr begangen worden, daß aber ihr Gewissen ihr sage, ein solcher Fehler sei bereits verziehen.

Und während sie dies sagte, winkte sie den Kindern, sich zurückzuziehen, und bemühte sich, ihm begreiflich zu machen, daß menschliches Elend niemals die Seele tödten könne, und den Geist niemals gänzlich niederdrücken dürfe.

„Theuerster Thomas," flüsterte sie ihm mit ihrer leisen, wohllautenden Stimme zu, „wenn Du aufhörtest, Dich so bitter anzuklagen, so würde es vielleicht besser mit Dir, und Du bliebest dann bei uns, um uns zu trösten."

Der schlankgebaute Mann, dessen Arme ohne Muskeln, und dessen Rücken ohne Mark ist, wird sich aber vergebens bemühen, die Last emporzuheben, welche die sehnige Kraft eines Andern fast ohne Anstrengung vom Boden aufhebt. Es ist mit dem Gemüth und dem Geist, wie mit dem Körper, nur daß die Muskeln des Körpers gemessen werden können, aber nicht so die des Geistes. Lady Fitzgerald war aus anderm Stoff geschaffen, als Sir Thomas, und Das, was ihr Anstrengung gekostet hätte, aber mit Anstrengung sicherlich vollbracht worden wäre, war für ihn so unmöglich, wie die Arbeiten des Herkules.

„Mein armer Sohn! mein armer Sohn!“ murmelte er immer noch, während sie sich bemühte, ihn zu trösten.

„Mama hat nach Mr. Townsend geschickt,“ flüsterte Emmeline ihrem Bruder zu, als sie mit einander in der Fensterbrüstung standen.

„Und glaubst Du wirklich, daß es so schlimm mit ihm steht?“

„Ich bin überzeugt, daß Mama es glaubt. Ich glaube, er hatte eine Art Schlaganfall, ehe Du kamst. Zwei Stunden lang lag er da, ohne ein Wort zu sprechen.“

„War Finucane nicht hier?“

Finucane war der Arzt in Mallow.

„Ja, aber er war schon fort, als es mit Papa plötzlich schlimmer ward. Mama hat auch nach ihm geschickt."

Ich glaube jedoch nicht, daß es gerathen ist, länger in einem Sterbezimmer zu verweilen. Es ist ein alter Spruch, daß der Vorhang fallen soll, ehe der Unerbittliche auftritt, um sein Werk zu verrichten. Doctor Finucane kam, aber sein Kommen war vergebens. Sir Thomas wußte, daß es vergebens sei, und sein geduldig ausharrendes Weib wußte es ebenfalls. Es handelte sich hier um ein krankes Gemüth, dessen Heilung keinem Arzte möglich gewesen wäre.

Und Mr. Townsend kam auch, wir wollen hoffen, nicht vergebens, obschon die Heilung, die er gern bewirkt hätte, in solchen Augenblicken wie dieser schwerlich bewirkt werden kann. Wir wollen hoffen, daß sie schon bewirkt war. Das einzige Vergehen, welches wir dem Sterbenden zur Last legen können, ist das, von welchem wir gesprochen haben. Er war, indem er der Lüge und dem Betrug Tribut zahlte, bemüht gewesen, seinem Weibe den Namen, und seinem Sohne sein Erbtheil zu bewahren. So schwer aber auch dieses Vergehen war, so hat doch vielleicht der Engel, der die Sünden der

Sterblichen aufzeichnet, es durch eine Thräne des Mitleids ausgelöscht.

Noch in dieser Nacht starb der arme Mann, und die Fitzgeralds, welche in den Gemächern von Schloß Richmond saßen, waren nicht mehr die Besitzer dieses Hauses. Kein Sir Herbert hielt eine Anrede an die Diener, wie dies der Fall gewesen sein würde, wenn jene Nachricht sie nicht erreicht hätte.

Doctor Finucane war im Hause geblieben, und selbst er hatte, als er mit dem Sohne sprach, gezeigt, daß er die Geschichte kannte. Sie waren nun Fremdlinge, wie sie Alle wußten — Eindringlinge, für welche sie nun bald in dem Hause ihres Cousins Owen, oder vielmehr nicht ihres Cousins, angesehen werden würden. Da er seiner Abstammung nach über ihnen stand, so hatten sie nicht das Recht, ihn als ihren Verwandten zu betrachten.

Man wird vielleicht sagen, daß in einem solchen Augenblick an alles Dies nicht hätte gedacht werden sollen; wer aber dies sagt, ist nach meiner Ansicht mit der wahren Wirkung des Kummers unbekannt. Nie ward ein Vater von Weib und Kindern aufrichtiger betrauert, als dieser; ihr Schmerz war aber um so tiefer, als sie wußten, daß sie nun obdachlose Verstoßene waren.

Und während dieser langen Nacht, während

Herbert und seine Schwestern niedergebeugt um das Feuer saßen, erzählte er ihnen Alles, was in Hay House gesprochen worden.

„Und kann es nicht so geschehen, wie er sagt?“ fragte Mary.

„Herbert soll seiner Braut entsagen?“ rief Emmeline.

„Nein; ich meine den andern Vorschlag.“

„Daran ist nicht zu denken,“ entgegnete Herbert. „Es ist ganz unmöglich. Das Haus, in welchem wir sitzen, gehört jetzt Sir Owen Fitzgerald.“

Zweites Kapitel.

Der erste Monat.

Ich bitte meine Leser nun, anzunehmen, daß seit Sir Thomas Fitzgerald's Tode ein Monat verflossen ist. Es war ein geschäftiger Monat in Irland. Man kann mit Wahrscheinlichkeit sagen, daß niemals in einem Monate, seitdem man hier Geld kannte, eine so bedeutende Summe Geldes circulirt hatte, und dennoch kann man auch sagen, daß noch niemals eine so furchtbare Sterblichkeit aus Mangel an Dem, was man für Geld kaufen kann, stattgefunden hatte.

Man hatte die allgemeine Ueberzeugung gewonnen, daß das gewohnte Nahrungsmittel des Landes verschwunden war. Es bestand keine Meinungsverschiedenheit mehr zwischen Reichen und Armen, zwischen Protestanten und Katholiken. Niemand wagte, zu sagen, daß die Armen, wenn sie sich selbst überlassen blieben, sich auch noch recht wohl ernähren könnten, oder zu behaupten, daß die Leiden des Landes ihren Grund in den Machinationen geldgieriger Speculanten hätten. Die Hungersnoth war feststehende Thatsache, und alle Menschen wußten, daß sie von Gott verhängt war — alle Menschen wußten Dies, obschon nur Wenige bis jetzt einsahen, mit welcher Gnade Gottes Hand über das Land ausgestreckt war.

Die Hungersnoth war da — daran konnte Niemand zweifeln, und der Tod, von dem man, als er Schloß Richmond heimsuchte, sagen konnte, er habe an die Thürme eines Königs gepocht, war auch unter den Hütten der Armen geschäftig.

Und nun nahm der große Fehler Derjenigen, die am Härtesten betroffen wurden, eine Gestalt an, welche man auf den ersten Anblick nicht erwartet hätte. Man sollte meinen, daß hungernde Menschen gewaltthätig werden und sich durch offenen Raub in den Besitz von Nahrungsmitteln setzen könnten, in der nicht ganz ungegründeten Meinung, daß die Qual ihres Mangels einen solchen Raub seiner Sündhaftigkeit beraube.

Dies war aber keineswegs der Fall. Ich entsinne mich blos eines Beispiels, daß ein Angriff auf Bäckerläden gemacht ward, und dieser ging von Leuten aus, welche nicht zu den wirklichen Nothleidenden gerechnet werden konnten. In Clonmel, in Tipperary, ward eines Morgens das Brot aus den Bäckerläden geraubt, obschon damals und an diesem Orte von Hungersnoth keine Rede sein konnte.

Der Fehler des Volkes war seine Stumpfheit. Der große Haufen bildete sich ein, die Welt gehe ihrem Untergang entgegen; jede Anstrengung sei nutzlos und jede Hoffnung vergeblich.

„Ach, bester Herr,“ sagte ein Mann zu mir, „nie wird es in der Grafschaft Cork wieder einen Bissen Brot und eine Suppe geben. Das Leben der Welt ist dahin!“

Und es war auch in der That sehr schwer, diese Meinung nicht zu theilen. Die Energie des Menschen hängt in so hohem Grade von den äußern Umständen ab. Es ist so schwer, zu arbeiten, wenn die Arbeit hoffnungslos scheint — so schwer, zu vertrauen, wenn das Fundament unsers Glaubens unsern Augen so weit entrückt wird. Als umfangreiche Landstriche unangebaut liegen blieben, war es da nicht natürlich, zu glauben, daß der Ackerbau nicht mehr existire, und die grünen Hügel nun braun und brach bleiben würden, wie einst grüne Hügel in andern Ländern geworden sind?

Und als Männer auf den Landstraßen niedersanken und Frauen mit ihren Säuglingen in den Armen stumpfsinnig dasaßen, bis der Tod kam, war es da nicht natürlich, zu glauben, daß der Tod einen ungeheuern Triumph feiere — daß er, der Unerbittliche, jetzt wirklich der Unerbittliche sei?

Allerdings gab es vertrauensvolle Herzen, welche die Last dieses furchtbaren Druckes ertragen konnten, und denkende Gemüther, welche sahen, daß aus diesem großen Uebel Gutes kommen würde; aber solche Herzen und solche Gemüther waren unter den duldenden Armen nicht zu finden, vielleicht auch nicht oft unter Denen, welche nicht arm oder leidend waren.

Es war sehr schwer, so vertrauensvoll zu sein und die richtige Ansicht zu haben, während Alles ringsumher von Entsetzen und Furcht erfüllt war.

Das Volk ward sich blos bewußt, daß die Hand Gottes auf ihm ruhe, und es ward gleichgültig und stumpfsinnig. Es sammelte sich an den Landstraßen, arbeitete träg, so lange seine Kräfte dauerten, und sammelte sich dann, als es hierzu keine Kraft mehr besaß, in den Armenhäusern.

Und in jeder Stadt, in jeder Gruppe von Häusern, welche in England ein Dorf genannt werden würde, gab es ein Armenhaus. Jede geräumige Baracke, die augenblicklich, gleichviel für welchen Zins, zu haben war, ward im Laufe von zwölf Stunden, ja vielleicht innerhalb zwei Stunden, ein Armenhaus.

Was war auch weiter nöthig, als die nackten Mauern und ein Vorrath „gelbes Mehl?“ Eine schlechte Abhülfe dies für alle Bedürfnisse des Menschen — wie von unvernünftigen Philanthropen oft gesagt ward, aber immer noch eine bessere Abhülfe, als kein Obdach und kein gelbes Mehl!

Es war schlimm, daß Menschen ohne alle Rücksicht auf Sitte und Anstand des Nachts eingeschlossen wurden; es war schlimm, daß sie Tag für Tag heerdenweise beisammen saßen, ohne Etwas zu thun, als zwei Mal des Tages so viel ungesunde Nahrung zu sich zu nehmen, als hinreichte, um Leib und Seele zusammenzuhalten, sehr schlimm, ihr unvernünftigen Philanthropen. Ist aber in vielen Bedrängnissen nicht die Wahl zwischen mehrern Uebeln das Einzige, was uns übrig bleibt? War nicht selbst Dies besser, als daß Leib und Seele sich von einander trennten, ohne daß man einen Versuch machte, sie zusammenzuhalten?

Und auf diese Weise ward Leib und Seele zusammengehalten, und die Regierung wußte, was ihr in so kurzer Zeit möglich war, zu thun, und was absolut unmöglich war. In solchen Fällen ist die Wachsamkeit und die Weisheit einer Regierung nothwendig, und ich werde eben so wie damals stets der Meinung sein, daß die Weisheit ihrer Thätigkeit und die Weisheit ihrer Enthaltung von Thätigkeit sehr gut waren.

Und nun sind die Gefilde von Irland wieder grün, und auf den Märkten herrscht reges Leben, und das Geld wird hin- und hergeschoben wie ein Wetterhahn, und der saumselige Speculant, welcher ein Grundstück kaufen will, kommt zurück und murmelt ärgerlich, daß ganz ungeheure Preise verlangt werden. Der Lohn der Feldarbeit ist in Irland während der letzten fünfzehn Jahre beinahe um das Doppelte gestiegen. Arbeit, zu welcher für sechs Schilling die Woche im Jahre 1845 — in den guten alten Tagen vor der Hungersnoth, als die Repeal so unmittelbar erwartet ward — sich Hunderte von hungrigen Bewerbern herbeidrängten, wird jetzt mit zehn Schilling bezahlt, weil die Bewerber keineswegs zahlreich sind.

Leib und Seele wurden also in jenen furchtbaren Tagen zusammengehalten, das heißt der irische

Leib und die irische Seele im Allgemeinen. Allerdings kamen viele Fälle vor, wo die Verbindung auf gewaltsame Weise gelöst ward — viele Fälle, wo die Quantität des gelben Mehls nicht ausreichte, oder wo es die armen Hungernden nicht Zeit genug erhielten — Fälle, die, wenn man sie zusammenzählt, sich auf Tausende beliefen.

Und dann kam die Seuche, welche ihre Opfer zu Zehntausenden hinwegraffte — dies geschah aber nach der Zeit, mit welcher wir es hier zu thun haben — und dann folgte die Auswanderung, welche die Geretteten zu Hunderttausenden hinwegführte. Die Millionen aber sind noch da und ein gedeihendes Volk, denn die Gnade des Herrn währet für und für.

Während dieses Monats — des Monats, welcher auf Sir Thomas Fitzgerald's Tod folgte — konnte Herbert natürlich den Bedürfnissen und der Unterstützung des Volkes keine äußere Aufmerksamkeit widmen. Er konnte kein Anerbieten von Beistand machen, denn es gehörte ihm Nichts mehr; eben so wenig konnte er bei den Berathungen der Hülfscomités ferner thätig sein, denn Niemand hätte die Stellung des Sprechers richtig zu bestimmen vermocht.

Ueberhaupt war während dieses Monats in

Schloß Richmond Alles unbestimmt. Lady Fitzgerald ward noch bei ihrem Titel genannt. Die Leute der Umgegend, mit Einschluß der Geschäftsleute der benachbarten Städte, redeten den Besitzer von Hay House als Sir Owen an, und allmählich kam der Name in allgemeinen Gebrauch, obschon Owen noch keine Schritte gethan hatte, um sich das gesetzliche Recht zum Tragen desselben zu erwerben.

Von Sir Herbert aber sprach Niemand. Die Geschichte war so allgemein bekannt, daß Niemand so unwissend war, ihn für seines Vaters Erben zu halten. Die Diener des Hauses nannten ihn noch Mr. Herbert, denn es war ihnen dies ausdrücklich anbefohlen worden, und die Landleute nannten ihn mit jenem Takt, der ihnen eigen zu sein pflegt, bei gar keinem Namen. Sie wußten, daß er nicht Sir Herbert war, aber sie wollten nicht glauben, daß er es nicht vielleicht doch noch ein Mal werden könne. Und somit nahmen sie vor ihm ihre alten Hüte ab und gingen schweigend an ihm vorüber, und wenn er sie anredete, so nannten sie ihn einfach „junger Herr“ und ließen den Taufnamen, dessen der arme Irländer sich so gern bedient, ganz weg.

Es fehlte natürlich auch nicht an Leuten, welche Owen als die aufgehende Sonne zu verehren versuchten. Für Die aber, welche ihn nicht schon früher verehrt, war dieses Spiel ein ziemlich hoffnungsloses. Er war zu jener Zeit nicht viel zu sehen. Er ging weder auf die Jagd, noch bewirthete er Gäste; wenn man ihn aber sah, so war er ziemlich rauh gegen Die, welche einen Versuch machten, sich bei der künftigen Größe einzuschmeicheln. Er reis'te während dieses Monats nach London, wohin er von Mr. Prendergast speciell eingeladen worden; sein Besuch hier hatte aber weiter Nichts zur Folge, als daß ihm hier nachgewiesen ward, daß er ohne Zweifel der Baronet sei.

„Es soll durchaus kein unnöthiger Verzug stattfinden, Sie in den vollen Besitz aller Ihrer Rechte zu setzen, Sir Owen," sagte Mr. Prendergast.

Owen hatte hierauf geantwortet, es läge ihm gar nicht so viel daran, in den Besitz irgend welcher Rechte gesetzt zu werden. Insoweit seine eigene Thätigkeit in Frage käme, möge der Titel einstweilen schweben, und was das Familienbesitzthum beträfe, so würde er bald nach seiner Rückkehr nach Irland Mr. Prendergast von seinem Wunsche in Kenntniß setzen. Gleichzeitig aber deutete er an, daß kein Grund vorliege, Lady Fitzgerald zu beunruhigen, denn er habe unter keinen Umständen die Absicht, seinen Wohnsitz in Schloß Richmond zu nehmen.

„Wollen Sie das nicht Lady Fitzgerald selbst

sagen?" sagte Mr. Prendergast, sofort an der Idee festhaltend, daß die Wittwe seines Freundes — meine Leser werden mir erlauben, sie so zu nennen — ungestört in dem Familienschlosse wohnen bleiben könne, wenn auch nicht auf Lebenszeit, doch jedenfalls einige Jahre. Wenn dieser junge Mann ein Mal so großmüthig und uneigennützig war, warum sollte es dann nicht geschehen? Er brauchte ja das große Schloß auch nicht eher, als bis er ein Mal heirathete.

„Nein, es wird besser sein, wenn Sie es ihr sagen," antwortete Owen. „Ich habe meine besondern Gründe, aus welchen ich nicht hinzugehen wünsche."

„Erlauben Sie mir aber, zu sagen, mein werther junger Freund — und ich hoffe, ich darf Sie so nennen, denn ich bewundere die Art und Weise, auf welche Sie alle diese Mittheilungen aufgenommen haben, im höchsten Grade — Ihnen den Rath zu geben, die Erinnerung an jede Unannehmlichkeit, welche vielleicht bestanden haben mag, fallen zu lassen. Sie müssen sich jetzt als den nächststehenden Freund dieser Familie betrachten."

„Das würde ich auch, wenn" —

Und dann schwieg Owen, obschon ihm Mr. Prendergast vollauf Zeit ließ, seinen Redesatz zu vollenden, wenn er sonst gesonnen gewesen wäre, dieß zu thun.

„In Ihrer gegenwärtigen Stellung,“ fuhr der Anwalt fort, „wird Ihr Einfluß sehr bedeutend sein.“

„Ich kann mich nicht näher darüber aussprechen,“ sagte Owen, „ich glaube aber nicht, daß mein Einfluß überhaupt groß sein wird. Ueberdies verlange ich auch gar keinen Einfluß dieser Art. Ich wünsche, daß Lady Fitzgerald benachrichtigt werde, daß es ihr vollkommen freisteht, zu bleiben, wo sie ist — so weit ich in Frage komme. Bemerken Sie wohl, daß sie dies nicht als eine Gefälligkeit von mir betrachten soll, denn ich glaube nicht, daß sie eine Gefälligkeit von mir annehmen würde.“

„Aber, mein werther Herr“ —

„Deßhalb wird es besser sein, wenn Sie ihr schreiben, sie könne wohnen bleiben.“

Mr. Prendergast schrieb auch wirklich an sie oder an Herbert, fand es aber dabei angemessen, zu sagen, daß die Erlaubniß, noch ferner Schloß Richmond zu bewohnen, als eine Gefälligkeit betrachtet werden müsse, die ihr Verwandter ihnen gewähre.

„Es ist eine Gefälligkeit,“ schrieb er, „welche unter den obwaltenden Umständen Ihre Mutter nach meiner Ansicht ohne Bedenken annehmen kann, wenigstens für die nächste Zeit, bis sie, ohne sich zu übereilen, eine Wahl hinsichtlich ihres fernerweiten Wohnsitzes getroffen haben wird. Nichtsdestoweniger aber muß es immer als ein uneigennütziges Anerbieten von seiner Seite betrachtet werden, und ich hoffe, mein lieber Herbert, daß Sie und er rechte gute Freunde werden.“

Mr. Prendergast aber hatte keine Ahnung von Dem, was in Owen's Gemüth vorging, und Herbert, der mehr davon wußte, als sonst Jemand, verstand es gleichwohl ebenfalls nicht. Owen fiel es nicht ein, seinen Verwandten eine Gefälligkeit zu erweisen, da sie ja, wie er meinte, niemals ihm eine erwiesen hatten.

Was Owen verlangte — oder was er seiner Meinung nach zu verlangen glaubte — war Gerechtigkeit. Es war, wenn er gerecht sein wollte, seine Pflicht, sich der Besitzergreifung dieser Ländereien zu enthalten; und er war bereit, seine Pflicht zu thun. Eben so aber, meinte er, war es Herbert's Pflicht, sich der Besitzergreifung Clara's zu enthalten, und er war fest entschlossen, niemals Herbert's Freund zu sein, wenn Herbert diese Pflicht nicht erfüllte.

Und dann, obschon er sich verbunden erachtete, auf die Ländereien zu verzichten — obschon er dies als eine gebieterische Pflicht erachtete, so war er nichtsdestoweniger auch überzeugt, daß ihm für seine

Bereitwilligkeit, diese Pflicht zu erfüllen, Etwas gebühre — daß ihm ein Lohn gewährt werden müsse. Worin dieser Lohn bestand, oder vielmehr worin derselbe seinen Wünschen gemäß bestehen sollte, dies wissen wir Alle.

Herbert hatte sich unbedingt geweigert, auf eine solche Unterhandlung einzugehen, nichtsdestoweniger aber hörte Owen nicht auf, zu glauben, daß noch Etwas geschehen könne.

Wer war so uneigennützig, wie Clara? Und würde nicht selbst diese mit der Sprache herausgegangen sein, wenn sie gewußt hätte, wie viel ihr erster Bewerber bereit war, für diesen neueren Bewerber zu thun?

Wohl zehn Mal nahm Owen sich vor, Mr. Prendergast von dieser ganzen Sache in Kenntniß zu setzen; sobald er sich aber in der Gegenwart des Anwalts sah, war er nicht im Stande, von Liebe zu sprechen.

Junge Leute sind sehr geneigt, zu glauben, daß ältere Personen Nichts von Romantik verstehen und die Gewalt einer Leidenschaft nicht begreifen können. Dies ist aber ein großer Irrthum, und ich bin überzeugt, es würde nach dem vierzigsten Lebensjahre die Romantik noch eine eben so große Rolle spielen, wie von demselben, wenn ihr nicht durch die Furcht vor Spott Einhalt gethan würde.

Und so blieb Owen eine Woche in London, besuchte Mr. Prendergast alle Tage und kehrte dann nach Hap House zurück.

In Desmond Court schlich mittlerweile das Leben sehr traurig dahin. Es bestand zwischen den hier wohnenden Damen durchaus keine Einigkeit. Die Mutter war schweigsam, düster und zuweilen bitter. Ueber Herbert Fitzgerald oder seine Aussichten sprach sie selten ein Wort, dann aber, wenn es geschah, mit großer Bestimmtheit. Niemand, sagte sie, solle ihr nachsagen können, daß sie an dem Unglück und der Armuth ihres Kindes schuld sei, und diese Heirath könne daher in ihrem Hause eben so wenig stattfinden, als mit ihrer Zustimmung.

Clara war größtentheils ebenfalls schweigsam. Auf Worte, wie die eben mitgetheilten, gab sie in der Regel keine Antwort; sah sie sich jedoch, wie ein oder zwei Mal geschah, genöthigt, zu sprechen, so erklärte sie offen und freimüthig, daß keine irdische Rücksicht sie bewegen solle, ihr Wort zu brechen.

Nach einiger Zeit kam auch der junge Lord oder Graf nach Hause. Wir wissen bereits, daß seine Mutter ihn von der Schule abberufen, um seine Autorität auf die Schwester wirken zu lassen.

Aufrichtig gesprochen, war er sehr abgeneigt, sich einzumischen, und würde sich geweigert haben, überhaupt nach Hause zu kommen, wenn er gewagt hätte, es zu thun. Eton war ihm jetzt weit angenehmer, als Desmond Court, welcher Ort allerdings für einen jungen Mann, wie er jetzt war, wenig Verlockendes zu bieten hatte.

Er war jetzt sechzehn Jahre alt und für sein Alter sehr männlich; die in Desmond Court schwebende Frage aber bot wenig Anziehendes selbst für einen männlichen Knaben von sechzehn Jahren. In jener früheren Frage in Bezug auf Owen hatte er ein paar Worte gesprochen, weil er wußte, daß Owen nicht als eine passende Partie für seine Schwester betrachtet werden konnte; jetzt aber wußte er nicht, wie er wieder von Herbert abrathen sollte, besonders da er ihr nur erst kürzlich einen langen Brief geschrieben und ihr darin zu dieser Wahl Glück gewünscht hatte.

Gegen Ende des Monats jedoch kam er und erfreute das Herz seiner Mutter, als sie seinen starken Körperbau und sein schönes, offenes Gesicht sah. Und auch Clara warf sich mit solcher Wärme in seine Arme, daß er froh war, zu ihr gekommen zu sein.

„O, Patrick, es ist so herrlich, Dich hier zu

haben!" rief sie, ehe noch ihre Mutter Zeit gehabt hatte, zu ihm zu sprechen.

„Theuerste Clara! gute Schwester!"

„Aber, Patrick, Du darfst nicht grausam gegen mich sein. Schau her, Patrick. Du bist mein einziger Bruder, und ich liebe Dich so, daß ich Dich um keinen Preis beleidigen, oder mir abgeneigt machen würde. Du bist auch das Haupt unserer Familie, und Nichts sollte geschehen, was Du nicht gern siehst. Dennoch aber hängt so viel von Dir ab, daß Du Dir Alles wohl überlegen mußt, ehe Du über Etwas entscheidest."

Er öffnete seine jungen Augen und schaute seiner Schwester aufmerksam in's Gesicht, denn es lag in ihren Worten etwas so Eindringliches, daß er fast darüber erschrak.

„Du mußt Dir Alles wohl überlegen, ehe Du sprichst, Patrick," setzte Clara hinzu, „und vergiß nicht, daß wir Beide rechtschaffen und ehrenwerth sein müssen, mögen wir nun arm sein, oder nicht. Du weißt noch, wie ich in Bezug auf Owen Fitzgerald nachgab, weil ich es ohne Unehre thun konnte. Jetzt aber" —

„Clara, ich verstehe ja von dieser ganzen Sache noch Nichts."

„Nein, Du kannst noch Nichts davon verstehen

— wenigstens jetzt noch nicht — und ich will Dir Mama die Geschichte erzählen lassen. Ich verlange weiter Nichts, als daß Du, ehe Du ein Wort zu meinen oder ihren Gunsten sprichst, an meine Ehre denkst."

Und dann versprach er ihr, dies zu thun, und seine Mutter fand, als sie ihm am nächstfolgenden Morgen die ganze Geschichte erzählte, ihn zurückhaltend und schweigsam.

„Betrachte nur seine Stellung," sagte die Mutter, indem sie ihren Sohn für ihre Ansicht zu gewinnen suchte; „er ist illegitim und" —

„Ja, aber, Mutter" —

„Ich weiß Alles, lieber Sohn; ich weiß, was Du sagen willst, und Niemand kann Mr. Fitzgerald's Lage mehr bemitleiden als ich; aber Du wirst nicht verlangen, daß deßhalb Deine Schwester sich in's Verderben stürze. Es ist von ihrer Seite Nichts als Schwärmerei."

„Aber was sagt er denn?"

„Er ist vollkommen bereit, zurückzutreten. Er hat mir dies gesagt — mir eben so wohl, als seiner Tante, welche ich drei Mal in dieser Angelegenheit gesprochen habe."

„Du meinst, er wünsche seine Ansprüche aufzugeben?"

„Nein, das nicht; wenigstens weiß ich es nicht. Wenn er es aber auch wünscht, so kann er ja einen solchen Wunsch gar nicht aussprechen, so lange Clara auf ihrem Kopfe besteht. Dennoch aber, Patrick, glaube ich in meinem innersten Herzen nicht, daß sie ihn wirklich liebt. Ich habe schon seit einiger Zeit daran gezweifelt.“

„Aber Du wünschtest doch, daß sie ihn heirathen möchte.“

„Allerdings. Es war eine vortreffliche Partie, und in gewisser Beziehung war Clara ihm auch nicht abgeneigt. Uebrigens war ja auch damals, wie Du weißt, jene große Gefahr in Bezug auf den armen Owen vorhanden. Es war damals eine große Gefahr. Jetzt aber ist Clara in diesem Punkte so hartnäckig, weil sie glaubt, es wäre unedel von ihr, wenn sie ihr Wort zurücknehmen wollte, und auf diese Weise wird sie gerade den Mann ruiniren, dem sie nützlich zu sein wünscht. Natürlich kann er das Project nicht rückgängig machen, wenn sie dabei beharrt. Ich muß Dich ganz besonders darauf aufmerksam machen, daß er, da er nun ohne alles Vermögen ist, den Kampf mit der Welt beginnen muß, während Clara ihm als schwere Bürde auf dem Nacken lastet. Was kann wohl schlimmer für ihn sein, als eine vornehme Frau, die keinen Heller im Vermögen hat?“

Und auf diese Weise vertheidigte die Gräfin ihre Ansicht von der Sache vor ihrem Sohn.

Es war vollkommen wahr, daß sie drei Mal in Schloß Richmond gewesen und Tante Letty drei Mal in einen Zustand versetzt hatte, der an Wahnsinn grenzte.

Ihr Bemühen war darauf gerichtet, die Leute von Schloß Richmond zu bewegen, die Sache von der „richtigen Seite“ aufzufassen. Demgemäß bemühte sie sich, Tante Letty einzureden, daß diese beiden jungen Leute einander ohne Zweifel ruiniren würden, wenn nicht Personen, die wirklich weise und klug wären und die Welt kennten — wie z. B. Tante Letty — sich einmischten und es verhinderten.

Tante Letty war im Ganzen genommen mit ihr einverstanden, obschon sie großen Mißfallen an ihr fand. Miß Fitzgerald hatte sich die kluge, altväterische Idee eingeprägt, daß junge vornehme Leute einander nicht lieben dürfen, wenn sie nicht vollauf Geld haben, und daß, wenn unglücklicher Weise ein Paar solche junge Leute einander lieben, es besser für sie sei, alle Qualen hoffnungsloser Liebe zu dulden, als zu heirathen, und in Bezug auf die Beschaffung von Brot und Käse auf Gott und ihren Witz zu vertrauen.

Lady Desmond war scharfsinnig genug, um zu bemerken, daß Tante Letty in der Hauptsache mit ihr übereinstimmte, und deßhalb war sie so sehr darauf bedacht, ihren Beistand zu suchen.

Mit Lady Fitzgerald konnte sie natürlich nicht sprechen, und es war sonst Niemand weiter in Schloß Richmond, von dem man glauben konnte, er besitze Einfluß auf Herbert.

Deßhalb war Lady Desmond gegen Tante Letty sehr beredt und sprach viel von dem Elend, welches den beiden jungen Leuten bevorstände, bis die alte Dame versprach, ihr Möglichstes zu thun, um Lady Fitzgerald für dieselbe Ansicht zu gewinnen.

„Sie werden sich nicht wundern, Miß Fitzgerald, wenn ich wünsche, der grausamen Lage, in welche meine arme Tochter sich versetzt sieht, ein Ende zu machen. Sie wissen, wie qualvoll dergleichen Dinge für ein Mädchen sind."

Tante Letty fand an Lady Desmond großen Mißfallen, nichtsdestoweniger aber konnte sie die Wahrheit aller dieser Bemerkungen nicht in Abrede stellen, und man kann daher sagen, daß die Besuche der Gräfin auf Schloß Richmond im Ganzen genommen nicht ohne Erfolg waren.

Und so verging der Monat auch in diesem traurigen Haushalte, und die Fitzgeralds gewöhnten sich allmählich an ihre Lage. Es wurden Familienberathungen in Bezug auf Das gehalten, was sie thun und wo sie künftig wohnen sollten. Da Owen sich fortwährend geweigert hatte, das Anerbieten selbst zu machen, so hatte Mr. Prendergast geschrieben, daß es mit dem Wegzuge durchaus keine Eile habe.

„Sir Owen," schrieb er, nachdem er sich reiflich überlegt, ob er ihn bei dem Titel nennen sollte, oder nicht, und nachdem er zu dem Entschluß gekommen, daß es am Besten sein würde, dies sofort zu thun, „Sir Owen ist geneigt, sehr uneigennützig zu sein. Jedenfalls kann Lady Fitzgerald das Haus mit Zubehör wenigstens ein Jahr lang behalten, und bis dahin kann das von Sir Thomas hinterlassene persönliche Besitzthum veräußert werden. Es wird dabei eine Summe herauskommen, welche die drei Damen in den Stand setzt, anständig, ruhig und bequem zu leben."

Mr. Prendergast hatte, ehe er Schloß Richmond verließ, Sorge getragen, daß Sir Thomas ein Testament machte, worin er sein Geld seinen drei Kindern mit Nennung ihrer Namen vermachte und ihnen zugleich die Pflicht auferlegte, ihre Mutter als ihre Vormünderin anzuerkennen. Sobald die Töchter mündig wären, sollte die Verwaltung des Vermögens auf Herbert übergehen.

„Anständig, ruhig und bequem,“ sagte Mary zu ihrem Bruder, als sie mit ihm diesen Brief las; „wie trostlos das klingt.“

Und so verging der erste Monat nach Sir Thomas' Tod, und das Unglück der Familie Fitzgerald hörte auf, der einzige Gegenstand zu sein, der von den Bewohnern der Grafschaft Cork besprochen ward.

Drittes Kapitel.

Anstalten zum Aufbruch.

Nach Ablauf des Monats begann Herbert sich auf den Kampf mit der Welt vorzubereiten.

Die erste Frage, welche es hierbei zu beantworten gab, war die, welche in den meisten Familien so häufig aufgeworfen wird, die aber in dieser bis jetzt noch nicht nöthig gewesen war: — welchen Beruf sollte er wählen?

Alle Mittel und Wege, auf welchen ein studirter Mann sein Brot verdienen kann, waren von ihm und Denen, die ihn liebten, in's Auge gefaßt worden. Man hatte mit den Einkünften des Erzbischofs von Armagh — dies war Tante Letty's Idee — angefangen und mit einem Platz in einem Regierungsbureau — dies war seine eigene Idee — geendet.

Mr. Prendergast hatte Herbert gerathen, sich der Jurisprudenz zu widmen, und in seinem Briefe an Lady Fitzgerald hinzugefügt, wenn Herbert nach London kommen und sich dort auf die juristische Carrière vorbereiten wolle, so werde er, Mr. Prendergast, ihm dabei allen möglichen Vorschub leisten.

Mr. Somers aber gab einen andern Rath. Es wurden zu jener Zeit sogenannte Assistenz-Armen-commissaire in Irland fast zu Dutzenden angestellt, und Mr. Somers erklärte, Herbert brauche blos seinen Wunsch nach einer solchen Anstellung zu erkennen zu geben, um sie sofort zu erhalten. Die Theilnahme, welche er für das Wohl der Armen in seiner Gegend bethätigt, war bekannt, und da seine eigene Geschichte ebenfalls bekannt war, so ließ sich nicht bezweifeln, daß die Regierung einen Mann in diesen Umständen, der sich obendrein so nützlich machen konnte, unterstützen würde.

Dies war Mr. Somers' Rath, und derselbe wäre vielleicht zu gut gewesen, wenn nicht Herbert und Lady Fitzgerald gefühlt hätten, daß es für sie besser sein würde, diese Gegend, ja wo möglich Irland überhaupt, zu verlassen.

Tante Letty sprach sich laut zu Gunsten der theologischen Carrière aus. Ein junger Mann, der sich auf der Universität so ausgezeichnet, wie ihr

Neffe, mußte nach dieser Richtung hin ganz gewiß sein Glück machen. Allerdings brachte er es vielleicht nicht bis zum Erzbischof von Armagh, dies gab sie zu, aber es gab ja außerdem noch dreißig andere Bisthümer, und es hätte sonderbar zugehen müssen, wenn er bei seinen Talenten nicht eins davon bekommen hätte.

Man denke sich, wie schön es gewesen wäre, wenn er als Bischof von Cork, Cloyne und Roß, in Bezug auf welche Amalgamation jedoch Tante Letty ihre eigenen Begriffe hatte, in sein Vaterland zurückkehrte.

Allerdings war er ein Wenig von dem Gift des Puseyismus angesteckt, sagte Tante Letty bei sich selbst, aber ganz gewiß gab es dagegen kein besseres Mittel, als die für die Ordination nothwendigen theologischen Studien.

Alles Dies besprach Tante Letty stundenlang mit Mistreß Townsend, und beide Damen kamen dahin überein, daß Herbert sich sobald als möglich ordiniren lassen müsse — nicht in England, wo selbst in der Ordination Gefahr liegen könne, sondern in dem guten, gesunden, protestantischen Irland, wo ein Geistlicher der Kirche von England wirklich ein Geistlicher der Kirche von England war, und nicht ein Priester, der halb zwischen England und Rom in dem Schlamm herumwatete.

Herbert lag selbst sehr viel daran, eine Beschäftigung zu finden, mittelst deren er sofort sein Brot verdienen könnte, aber er wünschte sehr begreiflicher Weise, daß London der Schauplatz seiner Thätigkeit sein möchte. In Irland wäre er überall als der Fitzgerald bekannt gewesen, welcher der Fitzgerald von Schloß Richmond hatte werden sollen.

Uebrigens hatte er auch, wie andere junge Männer, eine unklare Idee, daß, da er ein Mal sein Brot verdienen müsse, dies am Besten in London geschehen würde.

Anfangs war er dem theologischen Project nicht ganz abgeneigt gewesen, und er hatte auf diese Weise eine Basis geliefert, auf welcher Tante Letty stehen konnte. Er hatte sie gewissermaßen autorisirt, für die Verwirklichung ihrer Idee noch weitere Thätigkeit zu entfalten, aber dennoch gab er selbst diese Idee sehr bald auf. Wer, dachte er, ein Geistlicher werden wolle, müsse auch eine sehr starke Vorliebe zu Gunsten dieses Berufs besitzen, und deßhalb kam er allmählich von dieser Idee wieder zurück — wie die arme Tante Letty fürchtete, auf Antrieb des Bösen, der sich des Puseyismus als seines Werkzeugs bediente.

Lady Fitzgerald und Herbert's Schwestern erklärten sich zu Gunsten des von Mr. Prendergast gegebenen Rathes, und da sie allmählich Alle fanden, daß in Bezug auf pecuniäre Mittel kein sofortiger Mangel eintreten würde, so schienen sie sich endlich für dieses Project zu entscheiden. Herbert wollte noch drei oder vier Wochen auf Schloß Richmond bleiben, bis die Angelegenheiten hier eine bestimmtere Gestalt gewonnen hätten, und dann wollte er nach London gehen und sich Mr. Prendergast's weiterer Leitung anvertrauen.

Dieser sollte ihn bei einem Juristen empfehlen, in dessen Bureau er sich auf diese Carrière vorbereiten könnte, und dann sollten seine Mutter und seine Schwestern nachkommen, und sie wollten zusammen in einer kleinen Villa etwa in der Nähe von St. John's Wood Road, oder auch vielleicht in Brompton wohnen.

Es ist wunderbar, wie schnell in der Welt jedes Chaos in anständige und anmuthige Ordnung übergeht, wenn man ihm muthig in's Antlitz schaut und eine rührige Hand gebraucht, welche den Besen nicht schont.

Vor etwa drei Monaten war auf Schloß Richmond Alles Untergang und Verderben, so daß es zweifelhaft zu sein schien, ob nicht selbst die Fähigkeit zu leben in Frage kommen würde.

Als Mr. Prendergast dort ankam, ward Allen zu Muthe, als ob sie ferner kaum wagen könnten, in einer Welt zu leben, vor welcher sie so tief herabgewürdigt dastehen würden. Was Subsistenzmittel betraf, so glaubten sie Bettler, und was ihre Stellung betraf, so glaubten sie etwas noch Schlimmeres, als Bettler zu werden! Die Welt schien gleichsam über ihnen zusammenzubrechen, und sie waren überzeugt, es werde ihnen unmöglich sein, unter diesen Trümmern weiter zu leben.

Und nun war die Welt zusammengebrochen, der Ruin war geschehen, und dennoch waren sie noch stark in Hoffnung auf die Zukunft. Sie hatten gewagt, ihrem Chaos in's Antlitz zu schauen, und gefunden, daß dasselbe immer noch Elemente der Ordnung enthielt.

Es gab allerdings noch Viel, was ihr Glück beeinträchtigte und die Heiterkeit früherer Tage fern hielt. Ihr armer Vater war in ihrem Elend von ihnen geschieden, und das Haus war noch ein Trauerhaus, und auch ihre Mutter, obschon sie ihr Schicksal so wunderbar muthig ertrug, und um ihrer Kinder willen hoffte und Pläne entwarf und ihren Wünschen Gehör schenkte, war tief gebeugt. Daß sie niemals wieder mit inniger, herzlicher Freude lächeln würde, davon waren Alle überzeugt. Nichtsdestoweniger aber war ihr Chaos überwunden, und es war Hoffnung vorhanden, daß die Gefilde des Lebens sich ihnen wieder grün und fruchtbar zeigen würden.

Ueber einen Punkt sprach die Mutter niemals mit ihren Kindern, und nicht ein Mal Herbert hatte gewagt, mit ihr darüber zu sprechen. Seit Mr. Prendergast's Abreise war nämlich kein Wort über den künftigen Aufenthalt oder das künftige Thun und Treiben des Mannes gesprochen worden, welchem Lady Fitzgerald ein Mal am Altar ihre Hand gereicht. Wohl aber hatte sie gewagt, brieflich eine Frage an Mr. Prendergast zu richten. Diese Frage hatte gelautet: „Was muß ich thun, damit jener Mann nicht zu mir oder meinen Kindern kommt?" Zur Antwort hierauf hatte Mr. Prendergast ihr nach einiger Zeit geantwortet, er glaube, sie habe Nichts zu fürchten. Er habe den Mann gesprochen und glaube ihr die Versicherung geben zu können, daß sie in dieser Beziehung nicht belästigt werden würde.

„Es ist möglich," hatte Mr. Prendergast hinzugefügt, „daß er Sie brieflich um Geld angeht. Wenn dies der Fall sein sollte, so geben Sie ihm keinerlei Antwort, sondern schicken Sie seine Briefe mir."

„Und Sie wollen also Alle fort?" sagte Mistreß

Townsend in weinerlichem Tone, bald nachdem das Schicksal der Familie entschieden war, zu Tante Letty.

Sie saßen mit einander am Kaminfeuer in Mistreß Townsend's Speisezimmer, worin der gefahrvolle Zustand des Landes von ihnen während so mancher angenehmen Stunde besprochen worden.

„Ja, ich glaube," antwortete Letty, „Sie sehen selbst ein, daß meine Schwägerin hier niemals wieder froh werden könnte."

„Das sehe ich recht wohl ein; die Veränderung wäre eine zu erschütternde und überwältigende für sie. Die arme Lady Fitzgerald! — Und wann wird denn nun jener Mann einziehen?"

„Wer? Owen?"

„Ja, Sir Owen heißt er wohl nun."

„Das weiß ich nicht. Er scheint keine große Eile zu haben. Ich glaube, er hat zu meiner Schwägerin gesagt, sie könne in Schloß Richmond wohnen bleiben, wenn sie sonst Lust habe. Natürlich aber kann sie dies nicht thun."

„Die Leute," flüsterte Mistreß Townsend, „sprechen davon, er weigere sich überhaupt, die Erbschaft anzutreten. So viel ist wenigstens ausgemacht, daß er sich noch keine neuen Adreßkarten mit seinem nunmehrigen Titel hat drucken lassen. Das ist Thatsache."

„Er ist ein sehr sonderbarer junger Mann. Sie wissen, daß ich ihn niemals habe leiden können," sagte Tante Letty.

„Ich auch nicht. Er ist seit sechs Monaten nicht ein einziges Mal in unsere Kirche gekommen. Es ist höchst merkwürdig. Natürlich wissen Sie wohl die Geschichte?"

„Was für eine Geschichte?" fragte Tante Letty.

„Nun, wegen Lady Clara. Owen Fitzgerald war doch sterblich in sie verliebt, ehe Herbert sie gesehen. Die Leute sagen, er habe geschworen, seinen Cousin umzubringen, wenn er sie heirathet."

„Unter den jetzigen Umständen können ja die armen jungen Leute einander gar nicht heirathen. Bedenken Sie doch! Sie hätten mit einander nicht mehr als dreihundert Pfund jährliche Einkünfte! Also vor der Hand kann von Heirathen nicht die Rede sein," setzte Tante Letty hinzu und dachte dabei an eine künftige Periode nach ihrem eigenen Tode.

„Das ist allerdings wenig, sehr wenig," sagte Mistreß Townsend, obschon sie dabei sich erinnerte, daß sie selbst auf noch geringere Einkünfte hin geheirathet hatte. „Aber, Miß Fitzgerald, wenn Herbert die schöne Clara nicht heirathet, glauben Sie dann, daß dieser Owen sie nehmen wird?"

„Ich glaube nicht, daß sie ihn nehmen würde. Ich bin sogar überzeugt, daß sie ihn nicht nehmen würde."

„Auch nicht, wenn er dieses ganze Besitzthum und den Titel dazu geerbt hat?"

„Nein, selbst nicht, wenn das Besitzthum noch ein Mal so groß wäre. Was würden die Leute von ihr sagen, wenn sie so Etwas thäte? Es steht jedoch in dieser Hinsicht Nichts zu befürchten, denn sie erklärt, daß Nichts sie bewegen werde, ihr unserm Herbert gegebenes Wort zu brechen."

Und so besprachen die beiden würdigen Damen diese Angelegenheit nach allen Richtungen hin, und Jede hatte ihre eigene Theorie in Bezug auf jenes eigenthümliche Gerücht, nach welchem Owen sich geweigert habe, den Titel anzunehmen. Tante Letty konnte jedoch nicht glauben, daß aus einer so unreinen Quelle etwas Gutes kommen könne, und behauptete, Owen werde zu dieser Zögerung schon seine guten Gründe haben.

„Aus Liebe zu uns," sagte sie, „geschieht es nicht, wenn er sich weigert, den Titel oder das Besitzthum anzunehmen."

Und hierin hatte sie Recht, noch mehr aber

würde sie sich gewundert haben, wenn sie erfahren hätte, daß Owen's Enthaltung ihren Grund in dem Wunsche hatte, zu thun, was recht sei.

„Also Herbert will sich nicht der Kirche widmen?" fragte Mistreß Townsend dann.

Tante Letty schüttelte kummervoll den Kopf.

„Aeneas hätte ihn sehr gern ein Jahr lang auf diesen Beruf vorbereitet," sagte Mistreß Townsend. „Herbert hätte, wenn Sie fortgezogen wären, hier bei uns bleiben, sich in Cork ordiniren lassen und eine Pfarrerstelle hier in der Nähe, wo er bekannt ist, übernehmen können. Das wäre sehr hübsch gewesen — meinen Sie nicht auch?"

Tante Letty würde nun allerdings zu einem Plane, wie Mistreß Townsend vorschlug, nicht gerathen haben. Ihre Ideen in Bezug auf Herbert's theologische Studien waren etwas höhere gewesen. Das Trinity-Colleg in Dublin war nach ihrer Ansicht der einzige Ort, an welchem noch ein guter geistlicher Unterricht in den Lehren der Kirche von England zu haben war. Da indessen Herbert sich gegen die theologische Carrière erklärt hatte, so wäre es zwecklos gewesen, Mistreß Townsend's schönes Traumgebild zerstören zu wollen.

„Es ist Alles vergebens," sagte sie; „er will ein Mal Jurist werden."

„Auch dieser Beruf ist ein sehr achtbarer," bemerkte Mistreß Townsend gütig. — „Und Sie wollen also auch mit fortziehen?" setzte sie nach einer Pause hinzu. „Ich glaube, Sie werden sich so fern von ihrer alten Heimath nicht recht glücklich fühlen."

„Allerdings ist es traurig, wenn der Mensch in meinem Alter noch seinen Wohnort verändern muß," entgegnete Tante Letty kläglich. „Ich bin zwei und sechzig Jahre alt."

„Ach, lieber gar," sagte Mistreß Townsend, obschon sie das Alter ihrer Freundin ganz genau wußte.

„Ja, ja, nächste Woche werde ich zwei und sechzig," entgegnete Tante Letty, „und ich habe bis jetzt noch nie eine andere Heimath gehabt, als Schloß Richmond. Dort bin ich geboren, und hatte bisher auch allen Grund, zu glauben, daß ich auch dort sterben würde. Aber was kommt darauf an?"

„Ja, das ist allerdings wahr. Was kommt darauf an, wo wir sind, so lange wir in diesem Jammerthale weilen? Aber könnten Sie sich nicht für Ihre Person hier in der Nähe ein kleines Haus miethen? So könnten Sie zum Beispiel jetzt, glaube ich, Callaghan's Haus bekommen. Es gehört dazu so viel Feld, als für eine Kuh nothwendig ist, und ein kleiner Garten, so hübsch, wie nur irgend einer in der Grafschaft Cork."

„Ich mag mich jetzt nicht von meiner Schwägerin trennen," entgegnete Tante Letty. „Ich würde es nicht thun, und wenn mir alle Häuser und Gärten in Irland geboten würden. Es hat Gott gefallen, uns zusammenzuführen, und zusammen wollen wir unsere irdische Wallfahrt vollenden. Wohin sie geht, dahin will auch ich gehen, wo sie wohnt, da will auch ich wohnen, ihr Volk soll mein Volk und ihr Gott mein Gott sein."

Und Mistreß Townsend sagte nun Nichts weiter von Callaghan's hübschem Hause und von dem Feld, welches zum Halten einer Kuh hinreichte.

Einen Grund aber, aus welchem Tante Letty mit fortziehen wollte, nannte sie nicht, selbst nicht gegen ihre Freundin Mistreß Townsend. Ihr Einkommen, nämlich das, welches ausschließlich ihr selbst gehörte, ward von diesen beklagenswerthen Umwälzungen auf Schloß Richmond in keiner Weise berührt. Es war für eine unverheirathete alte Dame ein sehr reichliches Einkommen, denn es belief sich auf etwa sechshundert Pfund jährlich, und wenn man dazu nahm, was noch sonst zusammengescharrt und gerettet werden konnte, so konnte die ganze

Familie in jener kleinen Vorstadt-Villa, welcher sie entgegensahen, recht wohl damit auskommen.

Ohne Tante Letty's Einkünfte aber wäre diese kleine Villa eine armselige Heimath geworden. Mr. Prendergast hatte berechnet, daß das noch übrige Vermögen der Familie etwa vierzehntausend Pfund betragen würde, wofür man Staatspapiere kaufen müsse. Unter diesen Umständen war Tante Letty's Vermögen für die Familie etwas sehr Wesentliches.

„Ich hoffe, Sie werden dort auch Jemanden finden, der Ihnen das Evangelium predigt," sagte Mistreß Townsend in einem Tone, welcher verrieth, wie ernst ihre Befürchtungen in dieser Beziehung waren.

„Ich werde mich jedenfalls darnach umthun," sagte Tante Letty. „Sie brauchen nicht zu fürchten, daß ich auf Abwege gerathe."

„Aber man hat jetzt in den Kirchen in England über den Communiontischen Kreuze angebracht," bemerkte Mistreß Townsend.

„Ich weiß wohl, daß dies sehr unrecht ist," sagte Tante Letty. „Aber irgend eine Zuflucht wird immer noch übrig bleiben. Der Herr wird uns nicht gänzlich verlassen."

Und dann entfernte sie sich und verließ Mistreß Townsend, von der Ueberzeugung durchdrungen, daß das Land, in welches ihre Freundin zöge, eins wäre, in welchem das Licht des Evangeliums nicht mehr in seiner Reinheit schiene.

Es war wunderbar, wie viel Allen daran lag, von Schloß Richmond hinwegzukommen; denn der Aufenthalt hier war durchaus kein angenehmer.

Alle Besitzer von Häusern und Zubehör von Häusern wissen, ein wie beträchtlicher Theil ihrer Lebensfreuden in dem Interesse besteht, welches die sie umgebenden Dinge für sie haben. Wann wird der Seekohl zum Schneiden reif sein und wann werden die Crocusse aufgehen? Werden die Veilchen dieses Jahr süßer duften, als voriges? Werden die Storchschnabelsenker auch fortkommen? Wir haben gegraben und gedüngt und gesäet, und sehen nun der Ernte entgegen und gedenken unsere Scheuern zu füllen. Sogar die Hausgeräthschaften, welche wir in unserm täglichen Gebrauche haben, werden geliebt und geliebkos't, und indem wir unser Zimmer decoriren, machen wir Studien in der Ornamentik. Der Platz in der Kirche hat uns seit Jahren gehört — ist er uns nicht theuer, eben so wie die Stimme, welche uns Gottes Wort verkündet, auch wenn sie mit den Jahren eintöniger und matter wird?

Und lieben wir nicht auch die Gesichter der Personen, die in unserer Nähe gelebt haben, die

Diener, die für uns gearbeitet haben, und die Kinder, die unter unsern Augen auf dem Boden herumgerutscht sind und uns die Ohren vollgeschrieen haben, und jetzt unbändig und mit lautem Gekreisch an uns vorüber rennen und uns auf die unangenehmste Weise mit Koth bespritzen? Lieben wir sie nicht Alle? Tragen sie nicht Alle zu der großen Summe unsers Genusses bei? Alle Menschen lieben solche Dinge mehr oder weniger, obschon sie es oft selbst nicht wissen. Und Frauen lieben dieselben noch mehr, als Männer.

Und nun standen die Fitzgeralds im Begriff, alles Dies zu verlassen. Die ersten Knospen des Frühlings zeigten sich jetzt, aber wie war es möglich, daß die Fitzgeralds sich darum kümmerten? Man liebt die Knospe, weil man die Blume erwartet. Von dem Seekohl nahmen sie nun keine Notiz, und obschon sie die Crocusse pflückten, so thaten sie es doch mit Thränen in den Augen. Der Besuch der Kirche war nach reiflicher Ueberlegung von Allen, mit Ausnahme Tante Letty's und Herbert's, aufgegeben worden. Daß Lady Fitzgerald die Kirche besuchte, war unmöglich, und die Mädchen waren nur zu froh, bei ihrer Mutter bleiben zu dürfen. Eben so mußten sie auch die Schulen meiden, in welchen sie von dem ersten Tage an gelehrt, wo sie dazu fähig gewesen.

Diese Trennung von den Schulen hatte schon von der Zeit an stattgefunden, als das Unglück über die Familie hereinzubrechen begonnen. Anfangs war der Unterricht auf eine Zeit lang eingestellt worden, zuletzt aber gänzlich liegen geblieben, und es blieb nun Nichts weiter übrig, als der traurigste Abschied, den es geben konnte.

Emmeline und Mary hatten vielleicht unkluger Weise den Kindern sagen lassen, daß sie ihren Schülern ein Wort des Lebewohls sagen würden. Die Kinder hatten es natürlich ihren Müttern gesagt, und als die Schwestern die beiden netten Häuser erreichten, welche an der Ecke des Parks standen, wurden sie hier von einer großen Menge Frauen und Kinder empfangen.

In früheren glücklichen Tagen hatten die Leute um Schloß Richmond herum in der Regel sich in bessern Umständen befunden, als ihre Nachbarn. Der Arbeitslohn war hier stets reichlicher gewesen, es hatte nie an Arbeit gefehlt, die Kinder waren sauberer gekleidet, und die Frauen sahen weniger elend und abgezehrt.

Jetzt aber war dieser Unterschied fast ganz verschwunden. Als die Miß Fitzgeralds die an den

Schulgebäudes versammelte Menge sahen, kam es ihnen vor, als ob das Unglück ihres Hauses von unmittelbaren Folgen für Alle, die innerhalb ihrer Sphäre lebten, begleitet gewesen wäre, aber es war blos die Folge der allgemeinen Hungersnoth.

Man sah zu jener Zeit kaum ein dem Landvolke angehöriges Individuum, welches noch ein gesundes Aussehen gehabt hätte. Das gelbe Mehl war ein nützliches Nahrungsmittel — das nützlichste ohne Zweifel, welches damals gefunden werden konnte, aber es war nicht eins, welches für das Auge oder für den Gaumen angenehm gewesen wäre.

Die Schwestern hatten ihr Anerbieten fast bereut, ehe sie noch das Haus verließen. Es wäre, sagten sie bei sich selbst, besser gewesen, wenn sie die Kinder in das Schloß hätten kommen lassen, um hier ein Wort des Abschieds an sie zu richten und sie noch zum letzten Male durch einige kleine Geschenke zu erfreuen. Schon das Betreten dieser Schulzimmer mußte ihnen furchtbare Ueberwindung kosten, aber alle diese Bedenklichkeiten kamen nun zu spät, und als die Schwestern die Ecke des Parkthors erreichten, fanden sie, daß eine dicht gedrängte Menge bereit stand, sie zu empfangen.

„Mary, ich muß umkehren,“ sagte Emmeline, als sie die Harrenden erblickte; Tante Letty aber, welche auch mit dabei war, ging rasch voran, und es dauerte nicht lange, so sahen sie sich in dem Schulzimmer.

„Wir kommen, um Euch Allen Lebewohl zu wünschen," sagte Tante Letty, indem sie versuchte, eine Rede zu halten.

„Möge der Himmel Ihr Bett sein, denn Sie sind Alle stets gut gegen die Armen gewesen. Möge die heilige Jungfrau Sie leiten und führen, wohin Sie gehen mögen" — ein Segensspruch, gegen welchen Tante Letty sofort im Stillen Protest einlegte, so aufgeregt und unruhig ihr Gemüth auch war. „Möge der Himmel Ruhm und Glanz auf Sie herabsenden, denn Sie waren stets die schönste und beste Familie, die jemals in der Grafschaft Cork gelebt hat."

„Ihr wißt wohl schon, daß wir im Begriff stehen, Euch zu verlassen," fuhr Tante Letty fort.

„Wir wissen es, wir wissen es, und wehe Denen, die daran schuld sind! Wenn Sie fortgehen, Miß Emmeline, dann ist es aus mit uns Allen, denn was sollen wir ohne Sie beginnen, und wo sollen wir wieder eine so gute Herrschaft herbekommen? Ach, Miß Letty, wie viele Augen werden um Ihretwillen rothgeweint werden, und auch um der guten Lady willen! Möge Gott der Allmächtige die gute Lady segnen und behüten und ihre Seele ein Mal zu ewigem Ruhm und Glanz aufnehmen, denn wenn es jemals eine gute Frau auf Gottes Erde gegeben hat, so ist es Lady Fitzgerald."

Und nun fand Tante Letty, daß keine Nothwendigkeit vorlag, in ihrer Rede fortzufahren, ja daß es ihr überhaupt nicht möglich gewesen wäre, selbst wenn sie Lust dazu gehabt hätte. Die Kinder begannen zu winseln und zu schreien, und die Mütter mischten ebenfalls lautes Schluchzen mit ihrem lauten Gebet, und Emmeline und Mary setzten, in Thränen aufgelös't, sich nieder, zogen die jüngsten Kinder und Die, welche sie am Liebsten gehabt, in ihre Arme und küßten ihre fahlen, abgehungerten, kränklichen Gesichter, und weinten über ihnen mit einer Liebe, deren sie sich bis jetzt selbst kaum bewußt gewesen.

Noch viel zu sprechen, war Keinem von ihnen möglich, denn selbst Tante Letty konnte nur noch weinen, und es war wunderbar zu sehen, welche Freiheiten man sich sogar mit ihrem ehrwürdigen Hute herausnahm. Die Frauen hatten zuerst ihre Hände ergriffen, um dieselben zu küssen, dann küßten sie ihr die Füße und die Kleider und die Schultern, und machten dann hinter ihrem Rücken das Zeichen des Kreuzes, obschon sie wußten, wie fürchterlich sie geras't haben würde, wenn sie sie dabei ertappt hätte.

Dann ward sie bei den Armen gepackt, bis endlich die Verwegensten sich auch an ihrer Stirn und ihrem Gesicht vergriffen, und die arme alte Tante Letty, welche in ihrer Aufregung keine Sylbe hervorbrachte, ward beinahe in Stücke gerissen.

Mary und Emmeline hatten sich vollständig darein ergeben und waren die Mittelpunkte der um sie herumhängenden Kinderschwärme. Und das Schluchzen war jetzt nicht mehr leise und thränenvoll, sondern in ein langes, anhaltendes Stöhnen, lautes Wehklagen, Händeringen und Haarzerraufen übergegangen.

O, lieber Leser, hast Du jemals einen Eisenbahnzug mit einer Ladung irischer Auswanderer von einem irischen Bahnhofe abgehen sehen? Wenn dies der Fall ist, so weißt Du auch, wie das Haar zerrauft wird, und wie die Hände gerungen werden, und wie das leise Winseln allmählich zu lautem Geschrei anschwillt.

Es habe dies nicht viel zu bedeuten, habe ich manche Leute sagen hören. Diese Leute haben aber Unrecht. Es hat viel zu bedeuten, denn es bedeutet, daß Die, welche getrennt werden, einander nicht blos lieben, sondern auch einander zu sagen wünschen, daß sie lieben.

Man hört zuweilen von demonstrativen Menschen,

wie man es nennt. Ein demonstrativer Mensch ist nach meiner Ansicht Der, welcher auszusprechen wünscht, was sein Herz empfindet. Ich, für meine Person, bin geneigt, zu glauben, daß ein solches Aussprechen sein Gutes hat. „Die Fähigkeit des Schweigens ist von allen die schönste," sagt einer unserer neueren Philosophen; ich für meine Person aber glaube, daß die Fähigkeit des Redens noch weit schöner ist — des Redens, selbst wenn es in Geheul, Winseln und Händeringen besteht.

Möge Das, was in einem Menschen ist, zu Tage treten und seiner Umgebung bekannt werden. Ist es schlecht, so wird es Zurechtweisung finden, ist es gut, so wird es sich verbreiten und Nutzen stiften.

Eine Frau ganz besonders machte sich über das Schluchzen der Kinder hinweg hörbar. Es war ein langes, starkknochiges Weib, aber sie wäre hübsch, wo nicht schön gewesen, wenn nicht die Hungersnoth über sie gekommen wäre. Sie hielt einen Säugling auf den Armen, und ein zweites watschelndes Geschöpf hatte an ihrem Kleide gehangen, bis Emmeline es gesehen und hinweggerissen, und es saß jetzt ganz gelassen und ruhig auf ihrem Schooße und nutschte an einem Stück Kuchen, welches ihm gegeben worden.

„Das ist ein schlimmer Tag für uns Alle,"

sagte das Weib, in leisem Tone beginnend, der so wie sie weiter sprach, immer lauter und lauter ward; „es ist ein böser Tag für uns Alle, der uns die einzige wirkliche Freude nimmt, die wir jemals gehabt. Wehe über Die, welche Kummer und Elend über so gute Leute gebracht haben, so wahrhafte Edelleute, wie sie heutzutage nirgends weiter zu finden sind! Ach, das ist ein schwerer Tag für uns und unsere Kinder, denn wo sollen wir nun einen Bissen zu essen finden, wenn die Krankheit über uns kommt, wie sie wahrscheinlich kommen wird, sobald die Fitzgeralds nicht mehr im Lande sind. Möge der Allmächtige Sie segnen und behüten, und die heilige Jungfrau Sie in ihren Schutz nehmen!“

„Bst! — bst!“ sagte Tante Letty, welche solche Götzendienerei nicht ungerügt hingehen lassen konnte.

„O, der Segen einer armen Frau kann Ihnen keinen Schaden bringen,“ fuhr das Weib fort, „und ich will Euch Etwas sagen, Nachbarn, es wird ein schlimmer Tag auch für Den, welchen man jetzt den Erben nennt, wenn er seinen Fuß in dieses Haus setzt.“

„Ja, da habt Ihr Recht, Bridget Magrath,“ sagte eine andere Stimme aus dem Haufen der Weiber heraus.

„Ganz gewiß ein schlimmer Tag,“ fuhr das

Weib mit dem Säugling fort. „Wenn das Haus ihm nicht über dem Kopfe zusammenstürzt, so ist keine Gerechtigkeit mehr im Himmel."

„Aber, liebe Magrath," sagte Tante Letty, indem sie das Weib zu unterbrechen suchte, „auf diese Weise dürft Ihr nicht sprechen. Ihr irrt Euch, wenn Ihr glaubt, daß Mr. Owen" —

„Wir werden es Alle erleben," sagte das Weib, „denn die Zeit nahet rasch heran. Es ist aber ein schlechtes Gesetz, welches unsern alten Herrn tödtet und unsere alte Herrin von uns hinwegführt. Und was den Mann betrifft, den man Sir Owen nennt" —

Die Damen fanden es jedoch unmöglich, ihr länger zuzuhören, deßhalb machten sie sich mit einiger Mühe von der sie umgebenden Menge los, drückten Denen, die ihnen am Nächsten standen, noch ein Mal die Hände, retteten sich dann in den Park hinein und kehrten in das Haus zurück.

Eine so stürmische Demonstration hatten sie nicht erwartet, und der eben stattgehabte Auftritt hatte sie in nicht geringe Aufregung versetzt. Tante Letty war noch niemals in ihrem Leben so behandelt worden, und wußte kaum, wie sie ihren Hut wieder zurechtrücken sollte, und die beiden Schwestern ver=

mochten kein Wort zu sprechen, bis sie halb durch den Park hindurch waren.

„Ich freue mich jetzt doch, daß wir dort gewesen sind," sagte Emmeline endlich, sobald ihre Aufregung ihr gestattete, ein Wort hervorzubringen.

„Es wäre schrecklich gewesen, wenn wir fortgegangen wären, ohne diese armen Leute noch ein Mal zu sehen," sagte Mary. „Die armen Wesen, die armen guten Wesen, niemals werden wir wieder Menschen finden, die mit solcher Liebe an uns hängen."

„Das kann man nicht wissen," sagte Tante Letty. „Der Herr giebt und der Herr nimmt, und der Name des Herrn sei gelobet. Ihr seid Beide jung und könnt wiederkommen, was mich aber betrifft" —

„Gute Tante Letty, wenn wir wiederkommen, so kommst Du auch wieder."

„Ach, wenn meine Gebeine ein Mal neben denen meines Bruders ruhen könnten! Doch lassen wir das — was kommt weiter darauf an, wo unsere Gebeine liegen?"

Dann schwiegen sie eine Weile, bis Tante Letty wieder anhob:

„Ich gedenke da drüben in England ganz glücklich zu leben. Ich glaube, ich werde von Euch Allen die Glücklichste sein, wenn ich nur einen Geistlichen finde, der nicht dem Hange zum Götzendienst huldigt."

Dies fand einige Zeit vor dem Tage statt, wo die Damen Schloß Richmond verließen — vielleicht drei Wochen und auch noch vor Herbert's Abreise, welcher am dritten Tage nach dem so eben erzählten Auftritt die Reise nach London antrat.

Er war an verschiedenen Orten gewesen, um Abschied zu nehmen, bei den Townsends im Pfarrhause, bei Pater Barney in Kanturk, ja sogar bei Mr. Creagh in Gortnaclough.

Einen Abschiedsbesuch aber hatte er bis zuletzt aufgeschoben. Und er wollte nun hinüber nach Desmond Court und Clara noch ein Mal sprechen. Es hatten in dieser Beziehung einige Schwierigkeiten obgewaltet, denn Lady Desmond hatte erst erklärt, sie fühle sich nicht berechtigt, ihm Zutritt in ihr Haus zu gestatten; jetzt aber war doch der junge Graf zu Hause, und Lady Desmond hatte endlich ihre Einwilligung gegeben. Er sollte erst sie selbst und dann Clara — allein — sprechen.

Er hatte erklärt, daß er nicht hinkommen würde, wenn man ihm nicht eine Unterredung mit Clara unter vier Augen gestattete.

Die Gräfin willigte, wie ich schon gesagt habe, endlich ein, in dem festen Vertrauen, daß ihre früher entwickelte Beredsamkeit alle schlimmen Wirkungen der Unklugheit ihrer Tochter neutralisiren werde.

Am Tage nach dieser Unterredung sollte er dann nach London aufbrechen, „um nimmer wiederzukehren," wie er zu Emmelinen sagte, „ausgenommen dafern er käme, um seine Braut heimzuführen."

„Und Das wirst Du ganz gewiß thun," sagte Emmeline ermuthigend. „Ich müßte Dich für feigherzig halten, wenn Du in dieser Beziehung auch nur einen Zweifel hegtest."

Viertes Kapitel.

Das letzte Stadium.

Am Tage vor seiner Abreise nach London schwang Herbert Fitzgerald sich abermals auf sein Pferd — das Pferd, welches nach diesem Tage nicht mehr sein Eigenthum sein sollte — und ritt fort nach Desmond Court.

Er hatte schon eingesehen, wie thöricht es von ihm gewesen, durch Schmutz und Regen dahin zu marschiren, wie er gethan, als er das letzte Mal dort war, und wie viel er durch seine traurige Erscheinung an jenem Tage und durch seinen Mangel an imponirender Persönlichkeit verloren.

Deßhalb kleidete er sich mit einiger Sorgfalt — nicht um Clara's, sondern um der Gräfin willen — dann nahm er seine silberbeschlagene Reitgerte in die beschuhte Hand und schwang sich muthiger und entschlossener, als er sich bis jetzt gefühlt, auf sein wohlgepflegtes Roß.

Nichts konnte untadelhafter sein, als die Art und Weise, auf welche damals die Dienstleute von Schloß Richmond sich benahmen. Den Meisten von ihnen, oder vielmehr Allen, mit Ausnahme von Dreien, war gesagt worden, daß sie fortmüßten, und dabei war ihnen der Sachverhalt kurz auseinander gesetzt worden.

Es hätte sich „gefunden," sagte Tante Letty zu einem der ältern Diener, daß Mr. Herbert nicht der Erbe des Besitzthums sei, und daß deßhalb die Familie es räumen müsse.

Mistreß Jones begleitete natürlich ihre Herrin. Richard war sowohl von Herbert, als auch von Tante Letty in Kenntniß gesetzt worden, daß er am Besten thun würde, wenn er bliebe und auf einen kleinen Grundstücke lebte, welches man ihm kaufen würde.

Zur Antwort hierauf aber erklärte er seine Absicht, ebenfalls nach London zu ziehen. Wenn die Luft von London für Lady Fitzgerald und Miß Letty tauge, so tauge sie ganz gewiß auch für ihn.

„Es kann Nichts nützen, wenn wir auch noch länger darüber sprechen, Mr. Herbert," setzte er hinzu, „ich habe mir ein Mal vorgenommen, mitzugehen."

Somit ward denn auch weiter Nichts darüber gesprochen, und er ging mit.

Die andern Diener nahmen Alle die Kündigung mit Thränen und Segenssprüchen auf, und wetteiferten mit einander, die Damen des Hauses bis zum letzten Augenblick möglichst gut zu bedienen.

„Ich ließe mir gleich einen Finger abhacken, Miß Emmeline, wenn ich mit Ihnen gehen dürfte," sagte eine der Hausmägde, aber es war Alles vergebens. Wenn die Fitzgeralds kein Gefolge von Dienern in Irland behalten konnten, so war es klar, daß sie es in London noch viel weniger behalten konnten.

Der Reitknecht, welcher das Pferd hielt, als Herbert aufstieg, griff ehrerbietig an den Hut, während sein junger Herr langsam die Allee hinabritt, und kehrte dann in den Stall zurück, um über die Veränderungen nachzudenken, welche während seines Hierseins sich ereignet hatten, und um sich zu überlegen, ob er sich überwinden könnte, auch in dem Stalle Owen's, des Usurpators, zu dienen.

Herbert schlug nicht die directe Straße nach Desmond Court ein, sondern machte einen Umweg, als ob er nach Gortnaclough wollte, bog aber dann von der Straße ab und ritt auf einem Seitenwege nach Clady und dem Gebirge zu.

Er wußte selbst kaum, ob er dabei noch einen andern Zweck hatte als den, welchen er sich selbst nicht gestand — nämlich den, auf dem nach Desmond Court führenden Wege nicht gesehen zu werden. Dennoch that er es und vermied auf diese Weise den District, in welchem er am Genauesten bekannt war.

So ritt er an Hütten und Aeckern eines jetzt verödeten Landstrichs vorüber, der ihm verhältnißmäßig fremd war.

Es war eine armselige, kahle, feuchte Gegend, außerhalb der Grenzen des Besitzthums seines Vaters, und war selbst in guten Tagen kein angenehmes Schauspiel für das Auge.

Es war einer jener Landstriche, die unter die Hüttenbewohner in so kleine Parzellen getheilt worden, daß die Felder zu winzigen Dimensionen zusammengeschrumpft waren. Jedes derselben war mit einer plumpen niedrigen Erderhöhung umgeben, die an und für sich ein Viertel der Bodenfläche auszumachen schien.

Die ursprünglichen Flurgrenzen, die breiten Erderhöhungen, auf welchen ein Pferd gehen konnte, waren noch deutlich sichtbar und verriethen dem geübten Auge, wie groß einst die Felder gewesen waren, in welche man damals das Land eingetheilt. Diese Abtheilungen waren aber später in Folge von Familienarrangements, wo Brüder auf Brüder, und Väter auf ihre Kinder neidisch waren, so vielfach zerschnitten und zertheilt worden, daß jedes kleine Grundstück jetzt blos noch ein paar Ruthen guten Ackerboden enthielt.

Dieser Landstrich hatte schon einen erbärmlichen Anblick gewährt, selbst als diese kleinen Parzellen mit Kartoffeln oder Hafer bepflanzt waren. Gegenwärtig aber waren sie gar nicht bepflanzt, und eben so wenig war irgendwelche Anstalt dazu zu bemerken. Sie waren zeither gegen so und so viel per Ruthe verpachtet gewesen, jetzt aber wollte sie Niemand haben. Der ganze Ertrag hätte jetzt kaum so viel ausgemacht, als die Armensteuer betrug, und deshalb blieb das Land unbebaut liegen.

Der Winter war vorüber, denn es war jetzt April, und hätte man die Aecker zu pflügen beabsichtigt, so würde man — selbst in Irland — nun damit begonnen haben. Es war zu Anfange des Monats April, die Witterung war aber noch stürmisch und kalt, und der Ostwind, welcher Irland in der Regel nur leicht berührt, wehte sehr scharf.

Plötzlich kam ein Regenguß, einer jener Frühlingsstürme, die so durchdringend kalt sind, aber schnell vorübergehen, dafern der Wanderer nur geduldig wartet.

Herbert, der sich seiner früheren mißlichen Wanderung erinnerte, beschloß, diese Geduld zu haben, stieg an einer dicht an der Straße stehenden Hütte vom Pferde, ging hinein und zog sein Pferd hinter sich her.

In England würde es Niemanden einfallen, sein Pferd mit in die Wohnung eines armen Mannes hineinzuziehen, ja er würde sein Thier kaum in den Schuppen eines Hüttenbewohners stellen, ohne diesen erst um Erlaubniß gefragt zu haben; in Irland aber sind die Leute vertrauter mit einander und gestatten sich größere Freiheiten.

Es ist an einem nassen Jagdtage nichts Ungewöhnliches, eine Hütte voll Pferde, und die Kinder sich unter denselben so unbefangen herumbewegen zu sehen, als ob es Hunde oder Schweine wären. Die irischen Pferde sind aber auch im höchsten Grade sanft und gutmüthig.

Die fragliche Hütte stand dicht an der Straße und nicht auf dem dazu gehörigen Feld, wie meistentheils der Fall ist. Sie war in einen Winkel an der Stelle hineingebaut, wo die Straße eine Biegung machte, so daß zwei Seiten dicht an die Straße grenzten. Sie war klein und erbärmlich anzusehen, ohne einen Außenschuppen, oder auch nur ein Stück Kartoffelgarten — eine elende, niedrige, feuchte, erbärmliche Spelunke, so armselig, wie man nur eine in der Grafschaft Cork sehen konnte.

Die Nacktheit des Aeußern war aber Nichts im Vergleich zu der Nacktheit des Innern. Als Herbert von seinem Pferde gefolgt eintrat, schweifte sein Auge in dem dunkeln Raume umher, der von Allem entblößt zu sein schien. Es war kein Feuer auf dem Herde, obschon ein Feuer auf dem Herde von allen Genüssen derjenige ist, den sich ein Irländer am Leichtesten verschaffen kann, so wie der letzte, auf den er verzichtet. Es war kein Hausgeräth zu sehen, weder Stühle, noch Tisch, noch Bett, noch Schrank — es gab weder Schüssel, noch Teller, noch Tassen, noch auch nur den eisernen Topf, in welchem der irische Hüttenbewohner so ziemlich Alles zu kochen pflegt. Unter Herbert's Füßen war der feuchte Erdboden, und um ihn herum die feuchte rissige Wand, und über seinem Kopf das alte verfallene Dach, durch welches das Wasser schon sickerte; innerhalb der Hütte war keiner jener Gegenstände täglichen Gebrauches zu sehen, welche gewöhnlich in den Häusern selbst der Aermsten zu finden sind.

Nichtsdestoweniger aber war der Ort bewohnt.

Mit untergeschlagenen Beinen, ohne Etwas zwischen diesen und der nassen Erde, kauerte ein Weib mit einem Kinde auf den Armen in der Mitte der Hütte.

Anfangs war Alles so dunkel, daß Herbert zweifelte, ob der Gegenstand vor ihm ein menschliches Wesen sei. Sie bewegte sich nicht, als er eintrat, sie redete ihn nicht an und verrieth in keinerlei Weise Ueberraschung. Es war Platz genug für ihn und sein Pferd, ohne daß sie auf die Seite zu weichen brauchte, und es schien, als hätte er hier verweilen und wieder gehen können, ohne daß sie durch nur durch eine Geberde Notiz von ihm genommen hätte.

So aber wie seine Augen sich an das Licht gewöhnten, sah er ihre Augen durch die Dunkelheit hindurchfunkeln. Sie waren sehr groß und hell, als sie sich nach ihm herum wendeten, während er sich bewegte — groß und hell, aber von einem trüben, krankhaften Glanze — einem Glanze, der mit dem Licht des Lebens Nichts zu thun hatte.

Und dann sah er sie genauer an. Sie war mit einigen Lumpen bedeckt, welche eben nur hinreichten, ihre Blöße zu bedecken, und das Kind, welches sie in ihren Armen hielt, war ebenfalls einigermaßen bedeckt; als er aber dichter an sie herankam, sah er, daß diese Kleidungsstücke blos aus einzelnen Lumpen bestanden, die nur locker um ihren Körper herum befestigt waren.

Ihr kurzes, struppiges Haar hing in den Nacken herab, vor Schmutz zusammenklebend, und der Kopf und das Gesicht des Kindes waren ebenfalls mit Schmutz und wunden Stellen bedeckt. Nie hatte das Auge eines Menschen einen jämmerlicheren Gegenstand in entsetzlicherer Einsamkeit und Verlassenheit erblickt.

Es gab zu jener Zeit eine Gesichtsform, welche über die Leidenden kam, wenn ihr Elend weit vorgerückt, und welches ein sicheres Zeichen war, daß sie nun bald das letzte Stadium ihres Jammers durchgemacht hatten. Der Mund hing herab, die Lippen zogen sich an den beiden Enden des Mundes abwärts, und die untern Theile der Wangen waren wie mit Gewalt in die Länge gezerrt. Anzeichen wirklichen Schmerzes waren während dieser Phase nicht mehr zu sehen, eben so wenig als eines der entsetzlichen Symptome nagenden Hungers, von welchen, wie man allgemein glaubt, die Hungersnoth begleitet ist.

Der Blick ist ein Blick der Apathie, der Trostlosigkeit und des Todes. Als die Gewohnheit diese Anzeichen mit leichter Mühe lesbar gemacht hatte, erkannte man den armen dem Tode Verfallenen mit Gewißheit.

„Es kann Nichts nützen, Etwas für ihn zu thun; es ist aus mit ihm," sagte eine Dame im fernen Westen des südlichen Irland zu mir, während der arme Knabe, dessen Todesurtheil auf diese Weise ausgesprochen ward, daneben stand und zuhörte. Ihr Zartgefühl war nicht so groß, als ihre Energie im Gutesthun — denn sie that viel Gutes, aber es war in der That schwer, Zartgefühl zu zeigen, während es so viel zu thun gab. Und sie machte mich auf die Symptome in dem Gesicht des Knaben aufmerksam und fand, daß sie richtig gelesen hatte.

Die Hungersnoth hatte zu der Zeit, von welcher wir sprechen, noch nicht lange genug gedauert, so daß Herbert alles Dies hätte lernen können, sonst würde er gewußt haben, daß es für das arme Geschöpf, welches er hier vor sich sah, keine Hoffnung mehr in dieser Welt gab. Die Haut ihrer Wange hing herab, und ihr Mund war verzerrt, und ihr ganzes Gesicht trug das Gepräge des Todes, die Qual des Mangels aber war vorüber. Sie saß hier gedankenlos, gleichgültig, kaum fähig zu leiden, nicht ein Mal für ihr Kind, und unbewußt ihrem Untergang entgegensehend.

Eben so wie Herbert eingetreten war, ohne der

Frau ein Wort zu entlocken, eben so hätte er auch wieder gehen können, ohne sich von ihr durch irgend ein äußeres Zeichen beachtet zu sehen.

„Ich komme, um ein Obdach gegen den Regen zu suchen," sagte er, indem er auf sie herabblickte.

„Vor dem Regen?" sagte sie, ihre gläsernen Augen auf ihn heftend. „Seien Sie willkommen, gnädiger Herr."

Sie machte aber keinen Versuch, sich zu bewegen, oder eins jener Symptome von Ehrerbietung zu zeigen, welche den Irländern eigen sind, wenn Personen höheren Ranges ihre Hütten betreten.

„Ihr scheint Euch hier in sehr ärmlichen Umständen zu befinden," sagte Herbert, indem er seinen Blick über die nackten Wände der Kajüte schweifen ließ. „Habt Ihr keinen Stuhl und kein Bett?"

„Nein," sagte sie.

„Und kein Feuer?" fragte er weiter, denn die feuchte Kälte des Raumes drang ihm durch Mark und Bein.

„Nein," sagte sie wieder, ohne jedoch ein Wort oder eine Geberde der Klage über ihr Elend hinzuzufügen.

„Und wohnt Ihr hier ganz allein, ohne Möbels oder Geräthschaften irgend welcher Art?"

„Es ist, wie Sie es sehen, gnädiger Herr,“ antwortete sie.

Eine Weile stand Herbert still und schauete sich um, denn das Weib war so unbeweglich und unmittheilsam, daß er kaum wußte, wie er mit ihr sprechen sollte. Daß sie die tiefste Tiefe menschlichen Elends erreicht hatte, war augenscheinlich, und es war seine Pflicht, für ihre unmittelbaren Bedürfnisse zu sorgen, ehe er sich wieder entfernte.

Aber was konnte er für eine Person thun, welche so gleichgültig gegen sich selbst zu sein schien?

Er stand eine Weile da und schaute sich um, bis er endlich in dem Dunkel ein Bündel Stroh erblickte, welches in der dunkeln Ecke jenseit des Herdes lag. Dieses Stroh war zusammengehäuft, als ob Etwas darunter läge.

Herbert ließ den Zügel seines Pferdes los, schritt quer durch die Hütte und schob das Stroh mit dem Griff seiner Reitpeitsche aus einander. Während er dies that, wendete er seinen Rücken von der Wand hinweg, in welcher das kleine Fensterloch angebracht war, so daß ein Lichtschimmer auf das Bündel zu seinen Füßen fiel, und er sah, daß die völlig nackte Leiche eines Kindes hier lag.

Ein paar Minuten lang sagte er Nichts. Er sah von dem leichenhaften Weibe zurück auf die kleine wirkliche Leiche, und dann von dieser wieder nach dem Weibe, als ob er erwartete, daß sie unaufgefordert Etwas sagen würde.

Sie sagte aber kein Wort, obschon sie den Kopf so drehte, daß ihre Augen auf ihm ruhten. Nun kniete er nieder, legte die Hand auf den kleinen Cadaver und fand, daß derselbe noch nicht steinkalt war. Das Kind war ungefähr vier Jahre alt, während das noch in ihren Armen lebende vielleicht halb so alt war.

„War dieses Mädchen Euer Kind?" fragte Herbert leise.

„Ja," sagte die Frau. „Sie war meine gute, kleine Kitty."

Es war aber keine Thräne in ihrem Auge zu sehen, und kein gurgelndes Schluchzen in ihrer Kehle zu hören.

„Und wann starb sie?" fragte Herbert weiter.

„Das weiß ich selbst nicht genau," antwortete sie, sank tiefer zusammen, legte die Hand, mit der sie sich auf den Fußboden stützte — die Hand, welche nicht mit dem Kinde beschäftigt war — an die Stirn, strich sich das Haar aus dem Gesicht und versuchte sich zu besinnen.

„Vorige Nacht lebte sie wohl noch?" fragte Herbert.

„Ja, ich glaube, gnädiger Herr. Es war schon heller lichter Tag, als sie aufhörte zu wimmeln. Als er fortging, war es noch nicht so weit mit ihr.“

„Wer ist denn fortgegangen?“

„Nun, Mike.“

„Mike ist wohl Euer Mann?“ fragte Herbert wieder.

Die Frau war nicht sehr zum Sprechen geneigt; endlich aber stellte sich heraus, daß Mike ihr Mann war, und daß er in Folge einer rheumatischen Gliederlähmung nicht im Stande gewesen war, an der Straße zu arbeiten. In diesem Zustande hätten er und die Seinigen natürlich in ein Armenhaus gehen sollen.

Es war sehr leicht, diesen Rath zu geben, wenn man diesen Leuten zufällig in den Weg kam, und dieser Rath ward, wenn er gegeben ward, in der Regel auch befolgt; aber es gab so Viele, welche keinen Rath hatten, die keine Hülfe erlangen konnten, die nicht wußten, wohin sie sich wenden sollten.

Dieser unglückliche Mann hatte endlich Jemanden gefunden, der ihm für so viel Arbeit, als er trotz seines Rheumatismus verrichten konnte, so viel Nahrung zu geben versprochen, als er für seine Person brauchte, um sich am Leben zu erhalten, und diese Arbeit wollte er nicht aufgeben. Selbst dies war für ihn besser, als das Armenhaus. So lange aber ein Mann Arbeit außerhalb des Armenhauses fand, wurden sein Weib und seine Kinder nicht in dasselbe aufgenommen.

Diese Bestimmung war an und für sich heilsam, in manchen Fällen aber wie z. B. in dem vorliegenden, grenzte sie an Grausamkeit. Ausnahmen wurden natürlich gemacht, wenn die Dringlichkeit des Falles darnach angethan war, aber wie sollte die betreffende Behörde Kenntniß von Allem erhalten?

Dieser Mann Mike, der Gatte dieses Weibes, und der Vater dieses lebenden und dieses todten Kindes war auf seine Arbeit gegangen, und hatte sein Haus ohne einen Bissen Brot darin verlassen!

Herbert sah sich genauer um und bemerkte endlich, daß neben der Frau auf dem Fußboden eine kleine Schüssel stand, und als er dieselbe aufhob, bemerkte er darin noch einige Körner ungekochten Maismehls — des „gelben Mehls," wie man es nannte.

Ihr Mann, sagte die Frau endlich, hatte in seiner Mütze eine Handvoll von diesem Mehle, welches er an dem Orte, wo er arbeitete, gestohlen, mitgebracht — vielleicht ein Viertelpfund — und sie hatte es mit Wasser gemischt, und dies war die

Nahrung, von welcher sie seit dem gestrigen Morgen mit ihren Kindern, dem noch lebenden, und dem jetzt todten, gelebt hatte.

Dies war ihre Geschichte, wie sie dieselbe so kurz als möglich erzählte. Obschon sie aber sich, wie es schien, nur wenig um die Vergangenheit kümmerte, so kümmerte sie sich doch um die Zukunft noch weniger.

„Ja, so ist es" — „ich weiß es nicht genau" — dies waren ihre gewöhnlichen Antworten, und sie erhob ihre Stimme nicht ein Mal, um ein Almosen zu erbitten, als er sie in ihrem Elend bemitleidete. Die Agonie des Todes war bei ihr schon vorüber.

„Und friert das Kind nicht, welches Ihr da auf dem Arme tragt?" fragte Herbert, bückte sich und berührte den Körper der Kleinen. Als er dies that, machte sie eine Bewegung, wie um die Hülle des Kindes in Ordnung zu bringen. Herbert aber sah, daß sie auf diese Weise blos versuchte, ihre eigene Nacktheit zu verbergen. Es war dies die einzige Anstrengung, die sie machte, während er hier neben ihr stand.

„Friert die Kleine nicht?" fragte er nochmals, nachdem er das Gesicht abgewendet, um die Mutter ihrer Verlegenheit zu entheben.

„Ob sie friert?“ murmelte sie mit verstörtem Gesicht und mit dem Ausdruck der Verwunderung, als ob sie ihn nicht recht verstände. „Allerdings wird sie frieren. Warum sollte sie nicht frieren? Wir frieren ja Alle.“

Aber dennoch rührte sie sich nicht von dem Platze, auf welchem sie saß, und das Kind lag, obschon es von Zeit zu Zeit ein fast unhörbares Stöhnen von sich gab, still in ihren Armen und stierte mit seinen großen Augen in die Leere hinein.

Ein Schauer durchrieselte ihn, während er noch so dastand, in dieser Hütte, neben dem sterbenden Weibe und der nackten Leiche des Kindes.

Aber was sollte er thun? Er konnte nicht fortgehen und die Armen ohne Hülfe lassen. Die Frau hatte keine Klage ausgesprochen und Nichts verlangt; aber er fühlte, daß es unmöglich sein würde, sie zu verlassen, ohne ihr Beistand anzubieten; auch war es nicht möglich, die Leiche des Kindes in diesem entsetzlichen Zustande zurückzulassen.

Somit zog er sein seidenes Tuch aus der Tasche, kehrte in die Ecke der Hütte zurück, und breitete es als Decke über die kleine Leiche. Anfangs scheute er sich, die kleinen nackten, zusammengeschrumpften sterblichen Ueberreste zu berühren, allmählich aber überwand er seinen Widerwillen, knieete nieder, streckte die Glieder gerade und drückte die Augen zu, und wickelte das Tuch um den abgezehrten Leib.

Die Mutter sah ihm dabei zu und schüttelte langsam den Kopf, wie um ihn zu fragen, ob dies nicht entsätzlich sei; ein gesprochenes Wort ließ sie aber auch jetzt nicht hören.

Und dann nahm er einige Silbermünzen aus der Tasche und bot sie ihr. Sie nahm dieselben und murmelte einige Worte des Dankes, aber ohne eine Regung der Freude zu verrathen.

Sie wolle warten, sagte sie, bis Mike wiederkäme.

Und sicherlich war es ihr fester Entschluß, zu warten, wenn sie auch mit dem Silber in der Hand sterben müßte.

„Ich werde Jemanden herschicken," sagte er, indem er sich bereit machte, die Hütte wieder zu verlassen, „Jemanden, der das arme Kind begräbt, und dann Euch und das Andere in das Armenhaus bringt."

Sie dankte ihm nochmals mit einigen leise gemurmelten Worten, aber das Versprechen brachte ihr keine Freude.

Und als die Hülfe kam, war es zu spät, denn die Mutter und die beiden Kinder verließen die Hütte nur zusammen als drei Leichen.

Herbert vergaß, während er ruhig weiter ritt, eine Weile nicht blos sich selbst, sondern auch Clara Desmond. Wie groß auch der Umfang seines eigenen Unglücks sein mochte, wie konnte er sich noch unglücklich fühlen, nachdem er dies gesehen? Wie konnte er sich über Etwas, was die Welt ihm gethan, grämen, nachdem er gesehen, bis zu welcher Tiefe des Elends ein mit ihm gleich geschaffenes menschliches Wesen herabsinken konnte? Durfte er wohl jetzt noch wagen, sich als unglücklich zu betrachten?

Noch ehe er Desmond Court erreichte, that er geeignete Schritte für das arme Weib, und traf Anstalt, daß ihr ein Wagen geschickt würde, der sie in das Bezirksarmenhaus nach Kanturk abholte.

Seine Bemühungen waren aber von geringem Erfolge begleitet. Die Leute machten damals von einer sterbenden Mutter kein großes Aufheben und beeilten sich durchaus nicht, Herbert's Anordnungen nachzukommen.

„Ein Weib soll nach dem Bezirksarmenhause transportirt werden," hieß es; „auf Mr. Fitzgerald's Befehl. Nun, wenn Mr. Fitzgerald es will, dann muß es natürlich geschehen. Wenn es aber nur noch vor Einbruch der Dunkelheit geschieht, dann wird es wohl Zeit genug sein."

Aber wäre man auch auf den Schwingen der Liebe nach der armseligen Hütte geeilt, so wäre doch das Leben der unglücklichen Mutter auch nicht um einen Tag verlängert worden. Ihr Urtheil war gesprochen, schon ehe Herbert die Hütte betreten hatte.

Fünftes Kapitel.

Der Abschied.

Zwei Stunden später als Herbert beabsichtigt, ritt er die Allee nach Lady Desmond's Parkthore hinauf, und sein hauptsächlicher Gedanke in diesem Augenblick war, wie er der Gräfin den Auftritt beschreiben sollte, welchem er so eben beigewohnt.

Aber warum sollte er denselben überhaupt beschreiben? würden wir Alle fragen. Er war ja hierher gekommen, um von ganz andern Dingen zu sprechen — von andern Dingen, welche besprochen werden mußten, und die seine ganze Aufmerksamkeit nöthig machten. Möge er immerhin an jenes arme Weib denken, aber sich vor der Hand nicht weiter darüber aussprechen.

Dies wäre ohne Zweifel klug gewesen, wenn

es nur möglich gewesen wäre, aber Wessen das Herz voll ist, Deß geht der Mund über.

Lady Desmond hatte dem Auftritt, den ich zu schildern gesucht, nicht beigewohnt, und ihr Herz war deßhalb nicht erfüllt davon und auch nicht geneigt, sich davon erfüllen zu lassen. Als daher Herbert ausrief: „O Lady Desmond, welch ein Schauspiel habe ich gesehen!" gab sie ihm nur wenig Ermuthigung, es zu beschreiben, und erstickte durch ihre Kälte, Zurückhaltung und Würde sehr bald den Ausdruck seiner Gefühle.

Der junge Graf war zugegen und schüttelte Herbert herzlich die Hand, als dieser in das Zimmer trat. Da er schon in Folge seiner Jugend empfänglicher und an die Scenen der Hungersnoth noch nicht so gewöhnt war, wie seine Mutter, so gab er bei Herbert's Erzählung warme Sympathie zu erkennen. Er wollte sogleich selbst hingehen oder Faby mit dem Wagen hinschicken, und die unglückliche Mutter holen und retten lassen; seine Mutter aber hatte mehr zu thun, und that all' Diesem sehr bald Einhalt.

„Mr. Fitzgerald," sagte sie lächelnd, aber zugleich würdevoll, „da Sie und Lady Clara Beide wünschen, einander nochmals zu sehen, ehe Sie das Land verlassen, und da Sie einander so gut gekannt, so habe ich in Erwägung aller Umstände diese Zusammenkunft nicht absolut verbieten wollen. Dennoch aber bezweifle ich, daß dieselbe räthlich sei. Mein Sohn, welcher Ihr Mißgeschick eben so aufrichtig bedauert, wie wir Alle, ist vollkommen mit mir einverstanden. Er glaubt, es würde viel klüger für Sie Beide gewesen sein, wenn Sie sich getrennt hätten, ohne sich den Schmerz eines nochmaligen Sehens zu bereiten, da es ja ganz unmöglich ist, daß Sie einander jemals mehr werden, als Sie jetzt sind."

Und dann sah sie ihren Sohn an, der daneben stand und durchaus nicht so weise, oder auch nur so entschieden aussah, als die Worte seiner Mutter ihn machen zu wollen schienen.

„Ja, ich sehe wirklich nicht ein, was es nützen soll," sagte der junge Graf, „es thut mir für meine Person sehr leid und ich wollte, ich wäre reich und könnte Clara einen tüchtigen Sack Geld mitgeben; dann würde ich weiter nicht darnach fragen, ob Sie der Baronet wären, oder nicht."

„Ganz gewiß, Mr. Fitzgerald, sehen Sie ein," hob die Gräfin wieder an, „daß eine Heirath zwischen Ihnen und Lady Clara jetzt ganz unmöglich ist. Für meine Tochter wäre ein solches Verhältniß sehr, sehr schlimm, für Sie selbst aber geradezu Ruin und Untergang. Bei den Connexionen, die Ihnen zur

Seite stehen, und Ihren ausgezeichneten Talenten wird es Ihnen sicherlich nicht schwer werden, sich zu einer hohen Stellung emporzuarbeiten. Dabei aber werden Sie gerade so wie andere Männer, die sich auf diese Weise durchkämpfen müssen, erst spät im Leben heirathen können, es sei denn, daß Sie eine sehr reiche Frau bekommen können. Dies, glaube ich, gilt unter Leuten in Ihren Verhältnissen als Regel, und ich bin überzeugt, daß auch Ihre vortreffliche Mutter, welche in meiner Achtung stets hoch gestanden hat und stehen wird, meine Ansicht theilt. Da dies nun unzweifelhaft der Fall ist, und ich natürlich nicht zugeben kann, daß Lady Clara durch ein Verhältniß beengt werde, welches aller menschlichen Wahrscheinlichkeit nach sie um die besten zehn Jahre ihres Lebens bringen würde, so hielt ich es für gerathen, daß Sie einander nicht wiedersähen. Ich habe mich jedoch überstimmen lassen und hoffe nun von Ihrer Ehrenhaftigkeit und Klugheit, daß Sie meine Tochter vor den möglichen übeln Folgen ihres eigenen allzu liebreichen Herzens schützen werden. Daß sie schwärmerisch oder, wie ich es vielleicht nennen sollte, enthusiastisch bis zur Uebertreibung ist, dies brauche ich Ihnen nicht zu sagen. Sie glaubt, Ihr Unglück verlange von ihr, daß sie sich selbst zum Opfer bringe, aber ich weiß,

Sie werden fühlen, daß, selbst wenn ein solches Opfer Ihnen Etwas nützen könnte, Sie dasselbe nicht annehmen dürfen. Sie sind gefallen, werden aber deßhalb nicht wünschen, Clara auch mit herabzuziehen, besonders da Sie sich wieder erheben können, was aber mit meiner Tochter nicht der Fall wäre."

So sprach die Gräfin mit viel weltlicher Weisheit und mit einem hohen Grade von Takt, indem sie ihre Worte dem Gegenstand anpaßte, welchen sie im Auge hatte.

Herbert gewann, während sie ihre lange Rede hielt, und er stumm vor ihr stand, fast die Ueberzeugung, daß es gut für ihn sein würde, auf seine Liebe zu verzichten und sich in gänzlicher Einsamkeit den trockenen Studien zu widmen, welche Mr. Prendergast ihm in Aussicht stellte.

Seine Liebe, oder vielmehr die Versicherung von Clara's Liebe, war sein großer Trost gewesen. Welches Recht aber hatte er bei all' den Vortheilen von Jugend, Gesundheit, Freunden und Erziehung noch Trost zu verlangen?

Und dann dachte er von Zeit zu Zeit an die arme Frau, die er in ihrer Hütte zurückgelassen, und gestand sich, daß er nicht wagte, sich unglücklich zu nennen.

Er hatte aufmerksam zugehört, obschon er sonach an eine andere Beredsamkeit dachte und nicht blos an die Gräfin — an die Beredsamkeit jenes stummen, einsamen, sterbenden Weibes.

Als die Gräfin aber fertig war, wußte er kaum, was er in seinem Interesse sagen sollte. Er war wirklich beinahe überzeugt, daß es unedel von ihm sein würde, auf seinem Verhältniß zu Clara zu beharren, anderseits aber hatten Clara's Briefe und die Beweisgründe seiner Schwester ihm dargethan, daß es unmöglich wäre, sie aufzugeben.

„Es ist durchaus nicht meine Absicht, Lady Clara in Nachtheil zu bringen," sagte er.

„Das wissen wir," sagte der junge Graf. „Sie sehen, Herbert, was soll ein Mädchen wie Clara machen? Liebe in einer niedern Hütte, wie die Dichter sagen, ist gar schön, und was Reichthum betrifft, so sind meine Gedanken nicht darauf gerichtet. Es wäre auch nicht gut, wenn sie es wären, denn ich werde ein Mal so ziemlich der ärmste Edelmann in sämmtlichen drei Königreichen sein. Wenn ein Mann aber heirathet, so muß er Etwas haben — meinen Sie nicht auch?"

Die Wahrheit zu gestehen, war der junge Graf in seinen Ansichten, seitdem er nach Hause gekommen, sehr getheilt gewesen und hatte gewöhnlich die Beweisgründe, welche er zuletzt gehört, als die richtigen anerkannt.

Seit einigen Tagen aber hatte er sich der Idee zugeneigt, daß Clara vielleicht doch noch Owen Fitzgerald heirathen könnte. Owen hatte in seiner ganzen Persönlichkeit etwas Bestrickendes, welches Alle fühlten, die ihn ein Mal geliebt hatten.

Gegen die Welt war er rauh und hochmüthig, gebieterisch, wo er befehlen konnte, und anspruchsvoll selbst in seinem Umgange. Gegen die Wenigen aber, welche er wirklich liebte, welche er in sein Herz geschlossen, konnte Niemand zärtlicher oder freundlicher sein, als er. Clara hatte, obschon sie sich fest vorgenommen, ihn aus ihrem Herzen zu verbannen, es gleichwohl unmöglich gefunden, dies zu thun, bis Herbert's Mißgeschick diesem in ihren Augen einen Nimbus verliehen hatte, der nicht ganz auf Rechnung seiner Persönlichkeit kam.

Clara's Mutter hatte Owen geliebt — sie hatte ihn geliebt, wie sie nie zuvor einen Mann geliebt, und sie liebte ihn noch, obschon sie so fest entschlossen war, daß ihre Liebe die einer Mutter und nicht die eines Weibes sein sollte.

Der junge Graf gedachte, da jetzt Owen's Name wieder in den Vordergrund getreten war, der angenehmen Stunden, die er früher in seinem Um-

gärige verliebt. Nie hatte er wieder einen solchen Genossen gefunden, wie Owen gewesen war. Er hatte keinen Freund gefunden, mit dem er von männlichen Vergnügungen, wenn er zu diesen geneigt war, und mit welchem er auch von zarten inneren Dingen — den Gefühlen, Bestrebungen und Bedürfnissen des Herzens — sprechen konnte. Owen war gegen ihn so zärtlich wie ein Weib, ließ sich von den Armen seines jungen Freundes umschlingen, hörte Worte an, welche die Außenwelt als mädchenhaft und unsinnig verlacht und verspottet haben würde.

So dachte wenigstens der junge Graf bei sich selbst, und sein Herz sehnte sich nach seinem alten Freund. Er hatte seiner Schwester williges Gehör geliehen und eine Weile ihre Partie genommen; seine Mutter aber hatte ihm später zugeflüstert, daß Owen jetzt der bessere Bewerber, der vorzuziehende Schwager sei, und daß Clara auch in der That Owen am Meisten liebe, obschon sie sich ehrenhalber an seinen Cousin gebunden erachte.

Und dann erinnerte sie ihren Sohn an Clara's Liebe zu Owen — eine Liebe, deren Zeuge er selbst gewesen, und er dachte an den Tag, wo er mit so vielem Widerstreben seinem Freunde gesagt hatte, er tauge nicht zum Bräutigam einer vermögenslosen Grafentochter.

Von den späteren angenehmen Stunden, welche mit Herbert in Desmond Court eingezogen waren, hatte er Wenig oder Nichts gesehen. Es war ihm brieflich gemeldet worden, daß Herbert Fitzgerald, der glückliche Erbe von Schloß Richmond, sein künftiger Schwager sei, und er war damit zufrieden gewesen. Nun aber, wenn Owen wieder käme — wie angenehm mußte das sein!

„Wenn ein Mann heirathet, so muß er Etwas haben, meinen Sie nicht auch?“ sagte der junge Graf als Echo der mütterlichen Weisheit.

Herbert gefiel die Einmischung von Seiten des jungen Mannes nicht recht. Sollte er wohl einem Knaben, einem Schüler von Eton, auseinander setzen, was er in Bezug auf seine Lebensweise und die Zeit seiner Verheirathung zu thun beabsichtigte?

„Natürlich,“ sagte er, sich zur Gräfin wendend, „werde ich nicht auf einem Verhältniß bestehen, welches unter so verschiedenen Umständen abgeschlossen ward.“

„Und eben so wenig werden Sie meiner Tochter erlauben, daß sie dies aus Schwärmerei und übertriebener Selbstverleugnung thue,“ sagte Lady Desmond.

„Sie müssen Ihre Tochter besser kennen als ich, Lady Desmond,“ antwortete Herbert; „ich kann nicht eher sagen, was ich in Bezug auf sie thun werde, bis ich sie gesehen habe."

„Wollen Sie damit sagen, daß Sie sich von einem so jungen Mädchen zu einem Schritt bereden lassen wollen, von welchem Sie die Ueberzeugung haben, daß er unrecht ist?"

„Ich werde," entgegnete Herbert, „mich von Niemanden zu einem Schritt bereden lassen, von welchem ich weiß, daß er unrecht ist, und eben so wenig werde ich mich von Jemanden von einem Schritt abbringen lassen, von welchem ich glaube, daß er recht sei."

Und dann, nachdem er diese etwas hochtrabenden Worte gesprochen, schwieg er, als ob es nicht weiter nöthig sei, den Gegenstand zu discutiren.

„Mein armes Kind!" sagte Lady Desmond in leisem, zitterndem Tone, als ob Herbert sie nicht hören sollte. „Mein armes, unglückliches Kind!"

Herbert hörte sie aber und dachte dabei an das Weib in der Hütte, und an ihr Unglück und an ihre Kinder.

„Komm, Patrick," fuhr Lady Desmond fort, „es würde uns wahrscheinlich Nichts nützen, jetzt noch etwas Weiteres zu sagen. Wenn Sie eine Minute hier bleiben wollen, so will ich Clara herschicken."

Dann verneigte sie sich mit großer Würde und entfernte sich, während ihr Sohn ihr folgte.

„Mama," sagte dieser, als sie hinaus waren, „er ist fest entschlossen, Clara zu behalten."

„Mein armes Kind!" antwortete die Gräfin.

„Und wenn ich an seiner Stelle wäre, so würde ich es eben so machen. Du wirst am Besten thun, Mutter, wenn Du Dich fügst — dies sage ich, obschon mir Owen tausend Mal lieber wäre."

Herbert hatte ungefähr fünf Minuten gewartet, als die Thür sehr leise geöffnet und eben so leise geschlossen ward. Clara Desmond stand im Zimmer. Er ging ehrerbietig auf sie zu, streckte die Hand aus, um die ihrige zu ergreifen, aber ehe er sich noch eine Idee gemacht, wie sie wohl handeln würde, lag sie in seinen Armen.

Bis jetzt war sie von allen verlobten Jungfrauen die zurückhaltendste gewesen. Zuweilen hatte er sie kalt gefunden, wenn sie den Sitz an seiner Seite verlassen, um die Nähe seiner Schwester aufzusuchen und sich dicht an diese zu schmiegen. Sie hatte die Berührung seiner Hand und den Druck seines Armes vermieden und sich sprachlos, wenn auch nicht vor Zorn doch vor Entsetzen, von ihm hinweggeflüchtet, wenn er die Wärme seiner Liebe über die Berührung seiner Hand oder den Druck seines Armes hinausgetragen hatte.

Jetzt aber warf sie sich ohne Weiteres in seine Arme und barg ihr Gesicht an seiner Schulter, als ob sie hoch erfreut wäre, zu dem Herzen zurückkehren zu können. von welchem ihre Umgebung bemüht gewesen war, sie zu verbannen.

Sollte er von seiner Liebe sprechen oder nicht? Dies war die Frage gewesen, welche er an sich selbst gethan, als er jene fünf Minuten allein hier gestanden, während die Beredsamkeit der Gräfin noch in seinem Ohr hallte. Nun aber hatte er die Antwort auf diese Frage.

„Herbert," sagte sie, „Herbert, Du hast mir so leid gethan! Ich weiß aber, Du hast Dein Mißgeschick getragen, wie ein Mann."

Sie dachte an Das, was er selbst jetzt schon halb vergessen — an die Stellung, die er verloren, an die Hoffnungen, welche alle gescheitert waren, und an sein verlornes Besitzthum. Sie dachte an alles Dies, insofern als der Verlust desselben ihn berührte, er aber hatte sich mit all' Diesem schon ausgesöhnt — ausgenommen insofern, als er dadurch von seiner Verlobten getrennt ward.

„Theuerste Clara," sagte er, indem er sie fest mit seinem Arm umschlang, während weder Zorn noch Entsetzen diesen süßen Genuß zu stören schien, „der Brief, welchen Du mir schriebst, war mein größter Trost.“

Wenn er wirklich die Absicht hatte, Clara von der Fessel ihres gegebenes Wortes zu befreien — wenn er wirklich der Ansicht war, daß es ihm gezieme, sie nicht in die materiellen Verluste zu verwickeln, welche ihn betroffen — so war der Weg, den er einschlug, durchaus nicht geeignet, seinen Absichten in dieser Beziehung zu entsprechen. Anstatt zu sagen, daß ihr Brief sein größter Trost gewesen, anstatt sie fest an seine Brust zu drücken, während er dies erklärte, hätte er von ihr hinwegtreten sollen — eben so weit, als er von der Gräfin gestanden, und er hätte ihr beweisen sollen, wie thöricht und unklug ihr Brief gewesen, und daß Grafentöchter eben so gut als Hausmägde sich nach Stellungen umsehen müssen, welche für sie passen, mit gebührender Rücksicht auf die Höhe des Lohnes, und ohne den Eingebungen des Herzens Gehör zu schenken.

So hätte er, glaube ich, nach der Ansicht der meisten Menschen verfahren sollen. Statt Dessen aber drückte er Clara so fest an sich, als er nur konnte, und überließ das Sprechen meist ihr selbst.

Ich für meine Person glaube, er machte es recht. Nach meiner Ansicht muß die Frauenliebe als eine gute Beute betrachtet werden, so lange nämlich der Krieg mit gebührender Anerkennung des Völkerrechts geführt worden ist. Ist die Beute ein Mal ehrlich gewonnen, so halte man sie auch fest. Mit der Thorie des Aufgebens kann ich mich durchaus nicht befreunden.

„Du wußtest aber doch, daß ich Dich nicht verlassen würde. Wußtest Du es nicht? Sage, daß Du es wußtest?" hob Clara wieder an und bestand darauf, daß er ihr antworte.

„Ich konnte kaum wagen, zu glauben, daß mir noch ein so hohes Glück geblieben sei," sagte Herbert.

„Dann bist Du ein Verräther an Deiner Liebe gewesen — ein falscher Verräther!" rief Clara; so schwer aber auch das Verbrechen war, welches sie ihm zur Last legte, so war es doch klar, daß die Verzeihung der Verurtheilung auf dem Fuße folgte. „Und war Emmeline auch so falsch gegen mich, daß sie dies glaubte?" setzte Clara hinzu.

„Emmeline sagte —"

Und nun erzählte er ihr, was Emmeline gesagt hatte.

„Die gute, die theure Emmeline! Gieb ihr eine ganze Herzensladung Liebe von mir — vergiß es ja nicht — und Mary auch. Uebrigens merke Dir, daß ich Emmelinen zehn Mal, ja zwanzig Mal mehr liebe, als Dich, weil sie mich richtig erkannte. O, wenn sie mir gemißtraut hätte!"

„Du glaubst also, ich hätte Mißtrauen gegen Dich gehabt?"

„Ja wohl, ganz gewiß. Du schriebst es mir ja, und auch jetzt, eben heute, kommst Du hierher, um zu handeln, als ob Du noch Mißtrauen gegen mich hättest. Du weißt das auch recht wohl, Du hast nur nicht den Muth, mit dem Handeln ordentlich herauszugehen."

Und nun begann er sich zu vertheidigen, indem er zeigte, wie übel es ihm angestanden haben würde, sie an ihr Wort zu binden, wenn sie die Armuth so gefürchtet hätte, wie die meisten Mädchen in ihrer Stellung sie gefürchtet haben würden.

Ueber diesen Punkt aber wollte sie nicht viel von ihm hören, damit nicht schon die Thatsache, daß sie ihm zuhörte, ihr den Schein gäbe, als ob eine solche Handlungsweise für sie möglich wäre.

„Du kennst die meisten Mädchen nicht, ja ich glaube, Du kennst überhaupt gar keine," antwortete Clara. „Und wenn die meisten Mädchen entsetzlich herzlos wären, was sie aber nicht sind, welches Recht hättest Du dann, mich mit den meisten Mädchen zu vergleichen? Emmeline wußte es besser, und warum konntest Du nicht diese als den Typus der meisten

Mädchen betrachten? Du hast Dich sehr schlecht benommen, Herbert, und Du weißt es auch, und Nichts auf Erden soll mich bewegen, Dir zu verzeihen, Nichts, als Dein Versprechen, daß Du mich künftig nicht wieder falsch beurtheilen willst."

Und nun traten ihm die Thränen in die Augen, und sie barg ihr Gesicht wieder an seiner Schulter.

Es war nicht sehr wahrscheinlich, daß nach einem solchen Beginn die Unterredung auf eine den Wünschen der Gräfin günstige Weise enden würde.

Clara schwur ihrem Geliebten zu, daß sie ihm Alles gegeben, was sie zu geben hätte — ihr Herz, ihren Willen, ihr ganzes Ich, und eben so schwur sie auch, daß sie dieses Geschenk nicht zurücknehmen würde und nicht zurücknehmen könne. Sie wollte bleiben, wie sie jetzt wäre, so lange er es angemessen fände, und sie wolle zu ihm kommen, sobald er ihr sagen würde, daß sein Haus für sie Beide groß genug sei.

Und somit ward die Sache zwischen ihnen entschieden.

Dann hatte sie noch so viel von seiner Mutter, von seinen Schwestern, und auch ein Wort über seinen armen Vater zu sagen.

Und nun, nachdem zwischen ihnen so fest bestimmt war, daß sie, möchte kommen was da wollte, mit einander in demselben Boot den Fluß des Lebens hinabschwimmen wollten, hatte sie in Bezug auf seine künftigen Absichten auch einige Fragen zu thun und ihre Beistimmung zu ertheilen oder zurückzuhalten. Er sollte, sagte sie zu ihm, nicht glauben, daß er über irgend Etwas entscheiden dürfe, ohne es ihr wenigstens zu sagen. Und somit mußte er ihr alle Pläne der Familie auseinander setzen, und ihr erklären, warum er sich für die Jurisprudenz als seinen künftigen Beruf entschieden.

Die Gräfin hatte gefühlt, daß die Unterredung ihren eigenen Absichten verderblich sein würde, und sie hatte Recht gehabt. Aber wie hätte sie diese Unterredung verhindern können? Zwanzig Mal hatte sie sich vorgenommen, dies zu thun, aber zwanzig Mal hatte sie sich genöthigt gesehen, zu gestehen, daß sie nicht im Stande sei, es zu thun.

Heutzutage kann selbst eine Mutter nur so viel Macht über ein Kind ausüben, als die öffentliche Meinung ihr gestattet.

„Mutter, Du selbst hast uns zusammengebracht, und nun kannst Du uns nicht trennen.“

Dies war alle Mal Clara's Antwort, und die Gräfin konnte weiter Nichts thun, als höchstens auf Herbert's Großmuth einwirken. Sie hatte dies versucht, aber sich, wie wir gesehen haben, auch hierin in ihrer Erwartung getäuscht gefunden.

Hätte sie nur, während die Familie von Schloß Richmond noch in die bittere Tiefe ihres Unglücks versunken war, ihre Tochter hinwegführen können! Dann hätte sie vielleicht Etwas auszurichten vermocht, aber sie war ja nicht in den Vermögensumständen, wie andere vornehme Mütter, sondern vollständig von den Mitteln entblößt, die ein solcher Schritt nöthig gemacht hätte.

So mit einander sprechend, achteten die Liebenden nicht auf den Flug der Zeit. Endlich jedoch ward an die Thür gepocht, und Lady Desmond trat, ohne den Hereinruf abzuwarten, über die Schwelle.

Clara fuhr sofort von ihrem Stuhl empor, nicht als ob sie sich schuldig gefühlt oder gezittert hätte, sondern von dem muthigen Entschluß beseelt, bei ihrem Vorsatz zu beharren.

„Mama," sagte sie, „es ist nun fest beschlossen — es läßt sich nicht ändern."

„Was ist fest beschlossen, Clara?"

„Herbert und ich wir haben uns auf's Neue unser Wort gegeben, und nur der Tod kann dasselbe lösen."

„Mr. Fitzgerald, wenn dies wahr ist, so ist Ihr

Benehmen gegen meine Tochter nicht blos unmännlich, sondern auch unedel."

„Lady Desmond, es ist wahr, gleichwohl aber glaube ich, daß meine Handlungsweise weder unmännlich, noch unedel ist."

„Ihre eigenen Verwandten sind gegen Sie, Sir."

„Welche Verwandte?" fragte Clara entschieden.

„Ich spreche nicht mit Dir, Clara; Deine Abgeschmacktheit und Ueberspanntheit ist von der Art, daß ich nicht mit Dir sprechen kann."

„Was für Verwandte, Herbert?" fragte Clara nochmals, denn um Alles in der Welt hätte sie nicht Lady Fitzgerald zur Feindin haben mögen.

„Lady Desmond hat, glaube ich, in der letzten Zeit drei oder vier Mal mit meiner Tante Letty gesprochen, wahrscheinlich meint sie diese."

„O," sagte Clara indem sie sich abwendete, als ob sie nun zufrieden gestellt wäre.

Und dann ritt Herbert, nachdem er das Haus so rasch als möglich verlassen, heimwärts und empfand abermals jenes Gefühl von Triumph, in welchem er schon ein Mal geschwelgt, als er von Desmond Court nach Schloß Richmond zurückkehrte.

Am nächstfolgenden Tage trat Herbert die Reise nach London an. Der Abschied war ein sehr trauriger und die Veranlassung dazu von der Art, daß er kaum anders sein konnte.

„Eine Ueberzeugung nehme ich von hier mit fort,“ sagte er zu seiner Schwester Emmeline, „nämlich die, daß ich Schloß Richmond niemals wiedersehen werde.“

So gering auch in der That die Aussicht hierzu war, so war doch sein Wunsch, daß ein solches Wiedersehen stattfinden möge, noch geringer. Es konnte für ihn keine Verlockung geben, an einen Ort zurückzukehren, der einst sein Eigenthum werden sollte, und dessen Besitzes er auf so schmerzliche Weise verlustig gegangen war. Jeder Baum, der hier stand, jeder Pfad, der den umfangreichen Park durchschnitt, jede Hecke, jeder Graben, jeder verborgene laubreiche Winkel hatte für ihn ein besonderes Interresse, denn alles Dies war so gut wie sein Eigenthum gewesen.

Dies war nun aber nicht mehr der Fall. Es war nicht blos nicht mehr sein Eigenthum, sondern gehörte auch Jemanden, der über ihn hinweg den Thron bestieg, auf welchem er selbst zu sitzen erwartet.

Den langen Abend vor der letzten Mahlzeit, die er im Kreise seiner Familie einnahm, brachte er damit zu, daß er das ganze Gebiet des Schlosses noch ein Mal beging, aber allein, damit kein Auge sähe, was er fühlte. Nur wer die Reize einer Wohnung auf dem Lande in seiner Jugend kennen gelernt hat, hat einen Begriff von der vertrauten Bekanntschaft, welche der Mensch dann mit all' den verschiedenen geringfügigen Gegenständen erlangt, die seine Umgebung bilden — wie er die Rinde jedes Baumes und die Biegung jedes Astes kennt; wie er darauf gemerkt hat, wo das üppige Gras in Büscheln wächst, und wo der ärmere Boden stets trocken und unfruchtbar ist; wie er die Nester der Krähen und die Höhlen der Kaninchen beobachtet und gelernt hat, wo die Drosseln bauen, und auf welchen Aesten der Hänfling zu sitzen pflegt.

Alle diese Dinge waren Herbert theuer gewesen, und sie alle verlangten von ihm ein letztes Lebewohl. Auch jeden Hund mußte er noch ein Mal sehen, und seine Hand auf den Hals jedes Pferdes legen. Es war eine wehmüthige Aufgabe, die er auf diese Weise zu lösen hatte.

Und dann später am Abend nach dem Diner wurden sämmtliche Diener in das Wohnzimmer gerufen, damit er ihnen noch ein Mal die Hand drücken könnte. Es befand sich unter ihnen auch nicht Einer, der nicht vor drei Monaten noch gehofft hatte, Herbert Fitzgerald seinen Herrn zu nennen. Ja, derselbe war schon ihr Herr gewesen — ihr junger

Herr. Alle irischen Diener verehren ganz besonders den „jungen Herrn,“ aber nun war Herbert nicht mehr ihr Herr, und alle Wahrscheinlichkeit sprach dafür, daß er Keinen von ihnen wiedersehen würde.

Er nahm sich vor, diese Prüfung mit männlicher Haltung und trockenen Augen zu bestehen, und er that es auch; die Augen der Dienerschaft aber blieben nicht trocken, nicht ein Mal die der Männer.

Mistreß Jones und eine Lieblingsdienerin, welche besonders bei den jungen Damen in Gunst stand, befanden sich nicht mit unter der Zahl, denn es war beschlossen, daß sie das Schicksal ihrer Herrinen theilen sollten; Richard aber war da, obschon er ein wenig entfernt von den Andern stand, wie um anzudeuten, daß sein jetziges Verhältniß zu seiner Dienstherrschaft ein anderes sei, als das seiner Mitdiener. Er sollte auch mitgehen, aber ehe noch der Auftritt vorüber war, fing er dennoch an heftig zu schluchzen.

„Ich wünsche Euch Allen Glück und Wohlergehen,“ sagte Herbert am Schlusse seiner kleinen Rede, „und ich bedaure sehr, daß der Verkehr zwischen uns auf so plötzliche Weise ein Ende nehmen muß. Ihr habt mir und den Meinigen gut und treu gedient, und es ist schlimm für Euch, daß wir

Euch nun gehen und Euch eine andere Heimath suchen zu heißen genöthigt sind.“

„Ach, daraus machen wir uns weiter Nichts, Mr. Herbert, dies ist es nicht, was uns betrübt,“ sagte einer der Diener.

„Nein, Das ist es nicht,“ wiederholte Richard; „wir sind blos betrübt, weil Sie Ihres Eigenthums beraubt werden.“

„Ihr wißt aber Alle, daß wir es nicht ändern können,“ fuhr Herbert fort. „Es ist ein Unglück über uns gekommen, welches Niemand voraussehen konnte, und deßhalb sind wir genöthigt, uns von unsern alten Freunden und Dienern zu trennen.

Bei dem Worte „Freunde“ fingen alle Dienerinnen an zu schluchzen.

„Ja, wir sind Ihre Freunde und Ihre treuen Freunde,“ winselte die Köchin.

„Ich weiß, daß Ihr das seid, und deßhalb ist es mir schmerzlich, zu fühlen, daß ich Euch nicht mehr sehen werde. Ihr müßt Euch aber durch Das, was Richard sagt, nicht verleiten lassen, zu glauben, daß Jemand mir Etwas raube, was eigentlich mein Eigenthum sein sollte. Ich verlasse jetzt Schloß Richmond, weil es nicht mir, sondern dem Rechte nach einem Andern gehört — einem Andern, der — die Gerechtigkeit verlangt von mir, Euch dies zu sagen — sich durchaus nicht beeilt, sein Erbtheil in Anspruch zu nehmen. Wir haben Alle zusammen durchaus keinen Grund zu Groll gegen den dermaligen Besitzer dieses Hauses, meinem Cousin Sir Owen Fitzgerald."

„Wir wissen Nichts von Sir Owen!" rief eine Stimme.

„Und wir wollen auch Nichts von ihm wissen," rief eine andere krampfhaft schluchzend.

„Er ist ein sehr guter junger Herr — nach seiner Art, das läßt sich nicht bezweifeln," bemerkte Richard, „aber —"

„Ihr werdet Alle einsehen," fuhr Herbert fort, „daß, da dieses Haus nicht mehr unser Eigenthum ist, wir uns genöthigt sehen, es zu verlassen, und da wir in der neuen Heimath, die wir gewählt haben, auf weit bescheidnerem Fuße leben werden, als hier, so sind wir genöthigt, von Euch zu scheiden, obschon wir durchaus keinen Grund haben, mit irgend Einem von Euch unzufrieden zu sein. Ich reise morgen früh zeitig, und meine Mutter und meine Schwester werden mir in einigen Wochen folgen. Auch ihnen wird es schwer ankommen, Euch Allen Lebewohl zu sagen, eben so schwer, als es mir jetzt ankommt, aber es läßt sich ein Mal nicht ändern. Gott segne Euch Alle, und ich hoffe, daß Ihr gute

Herren und freundliche Herrinnen finden werdet, bei welchen Ihr eben so friedlich und zufrieden leben könnt, wie Ihr, hoffe ich, hier gelebt habt."

„Eine solche Herrin wie Mylady finden wir nicht wieder," schluchzte die älteste Hausmagd.

„In der ganzen Grafschaft Cork giebt es keine," setzte die Köchin hinzu.

„Ich habe sie gefahren seit —" begann Richard, aber er wollte sagen: „seitdem sie vermählt ist," und da er sich noch rechtzeitig besann, daß diese Anspielung eine unpassende sein würde, so wendete er das Gesicht nach der Thür und fing an bitterlich zu weinen.

Und nun schüttelte Herbert Allen die Hand, und es war hübsch zu sehen, wie die Mädchen sich erst die Hände an der Schürze abwischten, ehe sie sie ihm gaben, und wie sie dann, die Schürzen vor das Gesicht haltend, das Zimmer verließen. Die weiblichen Dienstboten gingen zuerst hinaus, dann folgten die Männer, die Köpfe hängend, und Jeder ein Gebet murmelnd, daß Glück und Gedeihen wieder in das Haus Fitzgerald zurückkehren möge. Ihrer Ansicht nach war und blieb Herbert unter allen Umständen das Haupt des Hauses.

Der Letzte, welcher das Zimmer verließ, war Richard.

„Es giebt unter uns Allen Keinen, der sich nicht die Hand abhacken ließe, wenn er mit Ihnen gehen dürfte, auch wenn er keinen Heller Lohn bekäme,“ sagte er.

Herbert wollte sehr frühzeitig aufbrechen, und sein Gepäck ward daher noch diesen Abend fertig gemacht.

„Ach, wie gern begleitete ich Dich!“ sagte Emmeline, in seinem Zimmer auf dem Deckel einer umschnürten Kiste sitzend, welche ihm mit einem langsameren Fuhrwerk nachgesendet werden sollte.

„Und wie gern bliebe ich bei Euch,“ sagte er.

„Aber was könnte es nützen, hier zu bleiben?“ fragte Emmeline. „Welches Vergnügen könnten wir davon haben? Ich getraue mir kaum aus dem Hause zu gehen, weil ich fürchte, gesehen zu werden.“

„Aber warum? Wir haben Nichts gethan, dessen wir uns zu schämen brauchten.“

„Das weiß ich wohl; aber, Herbert, findest Du nicht, daß auch das Mitleid der Menschen schwer zu tragen ist? Es steht in ihren Augen geschrieben, und begegnet Einem auf jedem Schritt.“

„O, dessen werden wir bald überhoben sein! Binnen wenigen Monaten sind wir rein vergessen.“

„Das weiß ich doch nicht.“

„Ich sage Dir aber, auch Du wirst rein vergessen sein — gerade als ob Du niemals existirt hättest. Und alle diese Dienstleute, welche jetzt mit solcher Liebe an uns hängen, werden binnen drei Monaten eben so sehr an Owen Fitzgerald hängen, dafern er sie behält. Das ist der Lauf der Welt."

Daß Herbert bei einer solchen Gelegenheit ein wenig krankhafte Misanthropie an den Tag legte, war nicht zu verwundern. Ich bin aber der Meinung, daß er in seiner Philosophie nicht Recht hatte. Wenn wir auch unsere alten Freunde verlieren, so erwerben wir auch doch wieder neue, und das Herz ist der Heilung eben so fähig, als der Körper. Wäre dies nicht der Fall, wie schrecklich wäre dann unser Schicksal in der Welt!

„Lady Desmond wird uns wohl erlauben, Clara noch ein Mal zu sehen," sagte Emmeline.

„Natürlich müßt Ihr sie noch ein Mal besuchen," antwortete Herbert. „Wenn Ihr wüßtet, wie oft sie von Euch spricht, so würdet Ihr nicht daran denken, Irland zu verlassen, ohne sie noch ein Mal zu besuchen."

„Die gute Clara! Ich bin überzeugt, daß sie mich nicht mehr liebt, als ich sie. Gesetzt aber, Lady Desmond erlaubte uns nicht, sie zu besuchen? Ich bin fast überzeugt, daß sie es uns nicht erlauben wird. Der ernste alte Mann mit dem kahlen Kopfe wird herauskommen und sagen: „Lady Clara ist nicht zu Hause," und dann müssen wir fortgehen, ohne sie gesehen zu haben. Es kommt darauf aber bei ihr nicht so viel an, wie bei Andern, denn ich weiß, daß ihr Herz stets bei uns ist."

„Wenn Du erst schreibst und ihr sagst, Ihr würdet kommen, um von ihr Abschied zu nehmen, so glaube ich, man wird Euch vorlassen."

„Ja, und dann würde ihre Mutter Sorge tragen, ebenfalls mit zugegen zu sein, so daß ich mit Clara kein Wort über Dich sprechen könnte. O Herbert, was gäbe ich darum, wenn ich Clara einen Tag hier haben könnte — nur einen Tag!"

Nachdem sie noch eine Weile gesprochen, kamen jedoch beide Geschwister zu der Ueberzeugung, daß es nicht thunlich sein würde. Clara konnte ohne Erlaubniß ihrer Mutter sich nicht aus ihrer Wohnung entfernen, und es war nicht wahrscheinlich, daß Lady Desmond ihrer Tochter erlaubte, einen Besuch auf Schloß Richmond zu machen.

Sechstes Kapitel.

Herbert Fitzgerald in London.

Am nächstfolgenden Morgen war das ganze Hauspersonal zu einer frühen Stunde auf- und angekleidet. Lady Fitzgerald — die arme Frau machte viele vergebliche Versuche, sich ihres Titels zu entäußern, bis jetzt aber ohne einen Schatten von Erfolg — Lady Fitzgerald war um sieben Uhr unten im Frühstückzimmer, und Tante Letty, Mary und Emmeline waren dies ebenfalls.

Herbert hatte seine Mutter gebeten, sich nicht stören zu lassen, und darauf hingewiesen, daß keine Ursache dazu vorhanden sei, da sie ja einander Alle so bald in London wiedersehen würden.

Sie war aber entschlossen, bei seinem letzten Mahl in Schloß Richmond den Vorsitz zu führen.

Die Diener brachten die Speisen und Getränke unter wehmüthigem Schweigen, und nun, wo der Augenblick des Scheidens wirklich da war, konnten die Schwestern nicht sprechen, denn die Thränen erstickten ihre Worte.

Der Grund lag nicht darin, daß sie im Begriff standen, sich von ihrem Bruder zu trennen, denn diese Trennung sollte blos einen Monat dauern. Wohl aber stand er im Begriff, sich von Allem zu trennen, was sein Eigenthum hätte sein sollen. Er setzte sich an dem Tische auf seinen gewohnten Ort, mit gezwungenem Lächeln, aber ohne ein Wort zu sagen, und seine Schwestern setzten ihm seine Tasse Thee vor, eben so wie die Schnitte Schinken und seine Portion Brot. Daß er sich zu überwinden suchte, sahen Alle. Er neigte sich über den Thee, um ihn zu schlürfen, und nahm dann das Messer in die Hand und blickte zu ihnen auf, denn er wußte, daß ihre Augen auf ihm ruhten. Er blickte auf, um zu zeigen, daß er es noch ertragen könne, aber leider, er konnte es nicht ertragen.

Der Kampf ging über seine Kräfte. Er schob den Teller heftig von sich bis in die Mitte des

Tisches, ließ den Kopf auf die Hände herabsinken und brach in hörbare Klagen aus.

O meine Freunde, seid nicht hart gegen ihn, daß er so weinte wie ein Weib! Nicht seinen verlorenen Reichthum beweinte er, auch nicht den Namen oder den Glanz, der nicht mehr sein war, auch war es nicht das Andenken an seinen Vater, obschon er diesen wahrhaft geliebt, eben so wenig als der Kummer seiner Mutter, oder die Tragödie ihrer Lebensgeschichte. Alles Dies war es nicht, weßhalb seine Thränen flossen und er so heftig schluchzte, daß er keines Wortes mächtig war. Auch hätte er selbst nicht sagen können, warum er weinte. Es waren vielmehr die hundert Kleinigkeiten, von welchen er sich auf immer zu trennen im Begriff stand, was ihn auf diese Weise in Aufregung versetzte. Der Stuhl, auf welchem er saß, der Teppich des Fußbodens, der Tisch, auf den er sich stützte, das schwarz gewordene alte Bildniß seines Urgroßvaters über dem Kamin — alles Dies waren alte vertraute Freunde; Alles waren Theile von Schloß Richmond — von dem Schloß Richmond, welches ihm vielleicht nie wieder zu sehen vergönnt war.

Seine Mutter und seine Schwestern näherten sich ihm, beugten sich auf ihn herab und mischten ihre Thränen mit den seinigen.

„Sagt Klara Nichts davon, daß es mir noch so nahe gegangen ist,“ sagte er endlich.

„Wenn sie ein ächtes Frauenherz in der Brust trägt, so wird sie Dich deßhalb nur um so mehr lieben,“ sagte seine Mutter.

„Ihr Herz ist so treu und wahr, wie nur je eins geathmet,“ sagte Emmeline schluchzend.

Und dann drängten sie ihn, zu essen; aber es war vergebens. Er wußte, daß er keinen Bissen hinunterbringen würde. Somit stürzte er die Tasse Thee hinunter, gab seiner Mutter einen einzigen Kuß, riß sich von Allen los, wies sogar Tante Letty's dargebotene Umarmung zurück, eilte durch die Reihe der Diener hindurch, ohne weiter ein Wort zu ihnen zu sagen, und warf sich in die Postchaise, welche ihn bis zur zweiten Station seiner traurigen Reise bringen sollte.

Es war in der That eine traurige Reise, von Anfang bis Ende. Von dem Augenblick an, wo er das Thor von Schloß Richmond verließ, welches nicht mehr sein Eigenthum war, bis er die Euston-Station in London erreichte, sprach er mit keinem Menschen ein Wort mehr, als für die Zwecke des Reisens absolut nothwendig war.

Nichts konnte trauriger sein, als die Aussicht, welche sein Aufenthalt in London darbot. Nicht als ob er hier keine Freunde gehabt hätte; denn er war Mitglied eines fashionablen Clubs, den er, wenn er sonst Lust hatte, auch noch ferner besuchen konnte, und überdies lebten hier eine Menge Universitätsfreunde von ihm. Wie aber soll ein Mensch, der gestern noch als seines Vaters ältester Sohn, und der Erbe einer Baronie und eines Einkommens von zwölftausend Pfund jährlich bekannt gewesen, und der heute als Niemandes Sohn und als Erbe von Nichts bekannt ist, in seinen Club treten? Man bemitleidete ihn allerdings überall auf's Innigste, aber gerade dies war ihm am Drückendsten. Er konnte sich nicht dazu verstehen, sich mehr zu zeigen, als absolut nöthig war, bis sein Schicksal aufgehört hatte, etwas Neues zu sein.

Mr. Prendergast hatte ihm eine Wohnung gemiethet, in welcher er bleiben sollte, bis er gemeinschaftlich mit seiner Mutter ein anderes Haus beziehen würde. Dieses Haus, in welchem sie dann Alle zusammen leben wollten, war ebenfalls schon gemiethet — in der Nähe von St. John's Wood Road — aber dieses Haus war noch nicht in Stand gesetzt, und deßhalb bezog Herbert eine Wohnung in Lincoln's Inn Fields.

Mr. Prendergast hatte diese Oertlichkeit gewählt, weil sie sich in der Nähe des Büreaus des berühmten

Juristen Mr. Die befand, unter dessen Fittigen Herbert Fitzgerald in die Geheimnisse der juristischen Praxis eingeweiht werden sollte. In diesem Büreau sollte nun Herbert während der nächsten drei Jahre sitzen und studiren, anstatt wie zeither den Sitzungen der verschiedenen Hülfscomités in der Umgegend von Kanturk beizuwohnen. Und warum sollte ihm das Eine nicht eben so gefallen, wie das Andere? War Mr. Die vielleicht nicht eben so amüsant, wie Mr. Townsend, und waren die Argumente und Deductionen, die er nun zu lesen bekam, nicht eben so lehrreich, als die er bis jetzt in dem Comitézimmer zu Gortnaclough vernommen hatte?

Am Morgen seiner Ankunft in London fuhr er sofort nach seiner Wohnung und fand hier einen Brief von Mr. Prendergast vor, der ihn für diesen Tag zu Tische einlud und versprach, ihn am nächstfolgenden Morgen zu Mr. Die zu führen.

Mr. Prendergast bewohnte ein möblirtes Haus in Bloomsbury Square, nicht weit von Lincoln's Inn, und hier wollte er Herbert um sieben Uhr erwarten.

„Ich werde sonst Niemanden weiter einladen," schrieb er. „Sie werden von Ihrer Reise ermüdet und vielleicht mehr geneigt sein, mit mir allein zu sprechen, als mit fremden Personen."

Mr. Prendergast gehörte zu jenen altväterischen Leuten, welche glauben, ein geräumiges Haus in Bloomsbury Square für hundertundzwanzig Pfund jährlich sei besser, als ein enges, zusammengekleistertes, schlechtgebautes Haus für beinahe den doppelten Preis westlich von den Parks. Ein junger Anfänger fürchtet sich natürlich vor einer Oertlichkeit, wie Bloomsbury Square, denn er hat keine Aussicht, daß Jemand ihn besuche, wenn er nicht westlich wohnt. Mr. Prendergast aber war seinen alten Freunden so genau bekannt, daß er wohnen konnte, wo er Lust hatte, und es lag ihm gar Nichts daran, die Zahl seiner Freunde durch neue fashionable Verlockungen zu vermehren.

Herbert schickte hinüber nach Bloomsbury Square, um sagen zu lassen, daß er um sieben Uhr erscheinen würde, und dann setzte er sich in seiner neuen Wohnung nieder.

Es war kein sehr angenehmer Aufenthaltsort und bestand aus einem kleinen Wohnzimmer, welches über einen bedeckten Thorweg hinweg die Aussicht auf den freien Platz hatte, und einem noch kleineren Schlafzimmer, dessen Fenster auf eine schmutzige, krumme Gasse ging. Nichts, dachte er, könnte melancholischer sein, als eine solche Heimath.

Indessen, was kam weiter darauf an? Den

Tag brachte er ja in Mr. Dic's Büreau zu, und die Abende über seinen juristischen Büchern bei geschlossenen Fenstern und brennender Lampe, denn Herbert sah ein, daß angestrengte Arbeit, und nur diese das Elend seiner gegenwärtigen Stellung mildern könnte.

Für den heutigen Tag aber hatte er Nichts zu thun. Er konnte doch nicht sofort seinen Koffer auspacken und augenblicklich seine juristischen Studien beginnen. Es war gegen Mittag, als er mit der erstern Beschäftigung fertig war und das Frühstück zu sich genommen hatte, welches seine neue Wirthin ihm besorgt. Und das Frühstück war an und für sich nicht schlecht, denn Mistreß Whereas (Sintemal) war ihr ganzes Leben lang eine Tochter der Themis gewesen und hatte Jünger der Jurisprudenz bedient, seitdem sie im Stande gewesen, für einen Penny Milch zu holen. Zehn Jahre lang war sie Wäscherin gewesen, dann hatte sie einen Papierhändlergehülfen geheirathet, und nun besaß sie das dumpfige Haus über dem bedeckten Wege, und vermiethete ihre eigene Wohnung mit ihren eigenen Möbels. Auch war sie selten ohne Freunde, welche ihren Eifer und ihre Ehrlichkeit rühmten und das Gebieterische ihres Wesens und die allzugroße Geläufigkeit ihrer keineswegs serviler Zunge entschuldigten.

„O Mistreß — “ sagte Mr. Herbert, „ich bitte um Verzeihung, darf ich fragen, wie Ihr werther Name ist?“

„Ja wohl, Sir, mein Name ist Whereas, Martha Whereas, und ist es nun seit fünfundzwanzig Jahren. Es giebt nicht viele Juristen hier herum, die mich nicht kennten. Und ich kenne auch Viele, und darunter Manchen, der sich früher armselig behelfen mußte, obschon er jetzt vor Stolz mich nicht mehr ansieht. Meinen Mann finden Sie stets in dem kleinen Papierladen vor dem Thore in Carnystreet. Sie werden ihn schon kennen lernen. Ich wollte darauf wetten, daß Sie Ihren Acceß bei Mr. Die zu machen gedenken. Ist Ihnen der Thee so recht? Ich besorge alle Mal Sahne dazu, wenn es nicht ausdrücklich abgestellt wird. Die Milch kostet einen halben Penny, Sir, die Sahne zwei Pence — das sind drei halbe Pence Unterschied, nicht wahr, Sir? Sie können übrigens verlangen, was Sie wollen, und wenn Sie Speck und Eier zu Ihrem Frühstück wünschen, so brauchen Sie es blos zu sagen.“

Und so schwatzte sie in Einem fort, so lange Herbert frühstückte, und bewegte sich dabei in dem Zimmer umher, indem sie bald ein Möbel mit ihrer Schürze abwischte, bald sich auf die Lehne eines

Stuhls stützte und ihren neuen Miether in Bezug auf seine Gewohnheiten und künftige Lebensweise befragte.

Sie trug auch einen Hut, der einen gewöhnlichen Bestandtheil ihres häuslichen Costüms auszumachen schien, und Herbert konnte nicht umhin, zu bemerken, daß sie große Aehnlichkeit mit seiner Tante Letty hatte.

Als sie aber wieder fort war und das Frühstückgeschirr mit weggeräumt hatte, da begann die Langweiligkeit des Tages. Es kam Herbert vor, als sei es ihm nicht möglich, sein Leben in London eher zu beginnen, als bis er bei Mr. Prendergast oder Mr. Die gewesen wäre. Es dünkte ihm Alles so seltsam und sonderbar, daß er kaum wagte, allein aus dem Hause zu gehen. Er war nicht ganz fremd in London, denn er war, ehe er Oxford verlassen, in einen Club als Mitglied eingetreten und schon zwei Mal in London gewesen, wo er sich dann jedes Mal einige Wochen lang hier aufgehalten hatte.

Wäre er daher vor etwa vier Monaten in Schloß Richmond in Bezug auf London befragt worden, so würde er erklärt haben, er sei dort sehr wohl bekannt. Von Pall Mall aus wußte er den Weg nach jedem der großen Theater, oder nach den Parks, oder nach den Parlamentshäusern, oder nach den Gemäldegallerieen zu finden. Hier aber, in diesem dumpfigen, verräucherten Square, kam er sich ganz fremd vor, und als er sich endlich wirklich aus dem Hause wagte, sah er sich genau die Straßenecken an, um, ohne die Leute fragen zu müssen, den Rückweg zu finden.

Nach einigem Suchen fand er Lincoln's Inn und wohnte hier einer eben stattfindenden Gerichtssitzung bei. Der Richter saß in seinem Stuhl zurückgelehnt, und war ein langer schöner, sprachloser Mann. Zu schlafen schien er nicht, denn sein Auge bewegte sich von Zeit zu Zeit langsam von dem verschrumpften Advokaten, der eben eine Vertheidigungsrede hielt, nach einem zweiten verschrumpften Advokaten, der mit den Händen in den Taschen dasaß und die Augen auf die Decke geheftet hatte. Der Vertheidiger hatte ein großes Blatt Papier in der Hand, von welchem er gewisse Citate aus juristischen Werken mit eintöniger Stimme ablas.

Die ganze Verhandlung war höchst langweilig und uninteressant, bei Weitem nicht so unterhaltend, wie Herbert dergleichen Gerichtssitzungen in seiner Heimath gefunden. Die Mehrzahl der Mitglieder des Gerichtshofes schlief, das Auge des Richters aber stand noch offen, und es war, als ob der Vertheidiger sich vorgenommen hätte, so lange mit dem

Ablesen seiner langweiligen Citate fortzufahren, als bis zum Zeichen seines Sieges auch das Auge des Richters sich geschlossen haben würde.

Herbert blieb eine Stunde, in der Meinung, er könne Etwas lernen, was ihm für seine eigene juristische Carrière von Nutzen sein könnte. Nach Ablauf dieser Stunde ging aber Alles immer noch seinen eintönigen Gang — das Auge des Richters stand noch offen, und der Vertheidiger plärrte und las, und Herbert ging fort, um nicht wie die meisten andern Anwesenden ebenfalls einzuschlafen.

Endlich war der Tag zu Ende, und um sieben Uhr sah Herbert sich in Mr. Prendergast's Hause in Bloomsbury Square. Sein Hut und Regenschirm wurden ihm von einem alten Diener abgenommen, der sehr viel Aehnlichkeit mit Mr. Prendergast selbst hatte. Er war eben so alt und steif, wie Dieser, und sah eben so gut conservirt aus, wie Dieser.

„Mr. Prendergast ist in dem Bibliothekzimmer, Sir, wenn Sie sich zu ihm bemühen wollen," sagte der alte Diener und öffnete mit diesen Worten die Thür des hinteren Parterrezimmers.

Es war ein geräumiges, hohes Zimmer, gut zu einer Bibliothek eingerichtet, und zu diesem Zweck mit außerordentlicher Sorgfalt ausgestattet — ein Zimmer, wie man es in den neuen Häusern des

Westend nicht findet, denn hier nehmen das Speisezimmer und das Gesellschaftszimmer allen sichtbaren Raum des Hauses ein. Wie Viele aber, die in den neuen Häusern des Westend wohnen, brauchen auch eine Bibliothek?

Als Herbert eintrat, kam Mr. Prendergast ihm entgegen und schien sich herzlich zu freuen, ihn zu sehen. Diese Herzlichkeit hatte Herbert an dem alten Juristen, so lange derselbe in Schloß Richmond war, durchaus nicht wahrgenommen, denn Alles, was Heiterkeit und Lebenslust heißt, hatte ihm damals förmlich fremd zu sein geschienen. Herbert hatte aber vielleicht nicht bedacht, daß Mr. Prendergast's Mission in Irland eine nicht sonderlich erfreuliche war. Mr. Prendergast war dorthin gekommen, um ein Geschäft zu besorgen; dies hatte er auch gethan, aber von Erheiterung hatte dabei natürlich keine Rede sein können.

Mr. Prendergast und Herbert hatten eben nur Zeit, einige wenige flüchtige Worte zu wechseln, als der alte Diener wieder in das Zimmer trat und meldete, daß das Diner aufgetrageu sei.

Diese wenigen Worte hatten keinerlei Bezug auf die Katastrophe von Schloß Richmond. Mr. Prendergast sprach vielmehr von Herbert's Wohnung und von seiner Reise, und einige Worte von Mr. Die, und dann gingen sie zu Tische.

Auch bei Tische drehte sich die Conversation ausschließlich um gleichgültige Dinge, um Reformen in Oxford, um den Stand der Parteien und um die eigenthümlichen Antipathieen der niedern protestantischen Geistlichkeit in Irland; über welche Gegenstände sämmtlich Mr. Prendergast, wie Herbert fand, ziemlich eigenthümliche und hartnäckige Ansichten hatte.

Das Diner an und für sich war gut, obschon keineswegs ausgezeichnet — wie dies in einem Hause in Bloomsbury Square auch nicht anders zu erwarten stand — der Wein aber vortrefflich, wie man in jedem Hause, welches von Mr. Prendergast bewohnt ward, erwarten konnte.

Und dann als die Mahlzeit vorüber war und der alte Diener abgeräumt hatte, als sie Jeder in einem Lehnstuhle in behaglicher Entfernung von dem Feuer Platz genommen, begann Mr. Prendergast unbefangen zu sprechen. Er stürzte natürlich nicht sofort mitten in die alte Geschichte hinein, und begann auch eben so wenig die Schrecknisse, die nun zum Theil vorüber waren, wieder aufzuzählen, sondern er kam vielmehr ganz allmählich auf die Punkte, in Bezug auf welche er es räthlich fand zu sprechen, ehe er Herbert in sein neues Leben einführte.

„Sie trinken wohl Claret?“ sagte Mr. Prendergast, indem er den Tisch zu ihrem Abendzechgelag zurecht rückte.

„Ja wohl,“ sagte Herbert, dem es in diesem Augenblick ziemlich gleichgültig war, was für Wein er zu trinken bekäme.

„Sie werden diesen sehr gut finden, viel besser als den, welchen Sie jetzt in den meisten Häusern in London vorgesetzt bekommen. Aber Sie wissen, ein Jeder trinkt am Liebsten seinen eigenen Wein, ganz besonders ist dies mit alten Leuten der Fall.“

Herbert lobte den Wein, widmete demselben aber doch nicht so viel Aufmerksamkeit, als er nach Mr. Prendergast's Meinung verdiente. Er dachte mehr an Mr. Die und dessen Büreau, als an Wein.

„Und wie finden Sie meine alte Freundin Mistreß Whereas?“ fragte der Jurist.

„Sie scheint mir eine sehr aufmerksame Frau zu sein.“

„Ja, zuweilen ein Wenig allzu aufmerksam. Die Leute sagen, sie sei nie im Stande, den Mund zu halten. Sie wird Sie aber nicht bestehlen, eben so wenig als vergiften, und heutzutage ist das von einer Frau in London schon viel.“

Es trat eine kurze Pause ein, während welcher Mr. Prendergast langsam und selbstgefällig seinen Wein schlürfte.

„Also morgen gehen wir zu Mr. Die, nicht wahr?“ hob er dann wieder an.

Herbert antwortete, daß er zu jeder seinem Gönner gelegenen Stunde dazu bereit sein würde.

„Je eher Sie sich in's Zeug werfen, desto besser,“ bemerkte Mr. Prendergast. „Sie haben nicht blos Viel zu lernen, sondern auch Viel zu vergessen.“

„Ja,“ sagte Herbert, „ich habe allerdings Viel zu vergessen, mehr, fürchte ich, als ich vergessen kann, Mr. Prendergast.“

„Es giebt, glaube ich, kein Leid, welches der Mensch nicht vergessen könnte, das heißt insoweit die Erinnerung daran ihm peinlich ist. Sie werden zuletzt noch so weit kommen, daß Sie an Schloß Richmond und die damit zusammenhängenden Umstände gar nicht mehr denken, das heißt, Sie werden wohl noch an den Ort und die Personen denken, welche Sie dort gekannt, aber Sie werden dies thun lernen, ohne dabei den Schmerz zu empfinden, welchen Sie natürlich jetzt leiden. Das meine ich mit dem Vergessen.“

„O, ich beklage mich auch nicht, Sir.“

„Das weiß ich recht wohl, und eben dies ist der Grund, weßhalb ich Sie glücklich und froh sehen möchte. Sie haben die ganze Sache so gut ertragen, daß ich überzeugt bin, Sie werden im Stande sein, sich in diesem neuen Leben glücklich zu fühlen. Das ist es, was ich meine, wenn ich sage, Sie werden Schloß Richmond vergessen."

Herbert dachte an Clara Desmond und an das Weib, welches er in der Hütte gesehen, und bedachte, daß er selbst jetzt kein Recht hatte, sich unglücklich zu fühlen.

„Sie gedenken doch wohl nicht nach Irland zurückzukehren?" fragte Mr. Prendergast nach einer Weile.

„O nein."

„Im Grunde genommen haben Sie, glaube ich, Recht. Allerdings sind Familienconnexionen für einen Anwalt viel werth, und Sie würden in Irland gewiß sehr bald reichliche und lohnende Beschäftigung finden. Ihre Lebensgeschichte würde Ihnen dort einen gewissen éclat geben — Sie wissen schon, was ich meine."

„Ja wohl. Aber daran liegt mir eben Nichts."

„Sehr richtig. Es ist das Beihülfe, die man sich nach meiner Meinung nicht wünschen darf. Erstens dauert sie nicht lange. Ein Mann, der auf diese Weise emporgetragen wird, verläßt sich sehr leicht darauf, anstatt auf seine eigenen Anstrengungen, und der treueste Client bleibt nicht bei einem und demselben Anwalt, wenn er für sein Geld anderwärts besser bedient wird."

„In solchen Dingen kann wohl überhaupt von Freundschaft keine Rede sein."

„Na, Das will ich auch nicht gerade sagen. Die Freundschaft muß aber eine Folge der Geschäftsverbindung sein, nicht die Geschäftsverbindung eine Folge der Freundschaft. Gute, fleißige, angestrengte Arbeit — Arbeit, die nicht sofortige Anerkennung und Belohnung verlangt, sondern welche ihre Ergebnisse ruhig abwarten kann — Dies und nur Dies ist es, was nach meinem Dafürhalten dauernden Erfolg sichert."

„Aber dennoch ist es für einen armen Mann schlimm, wenn er so viele Jahre arbeiten soll, ohne Etwas zu verdienen," sagte Herbert und dachte an Lady Clara Desmond.

„Nicht schlimm, wenn Sie den Preis Ihrer Arbeit auch wirklich bekommen. Aber Sie haben die Wahl. Jeder Jurist kann sich jetzt ziemlich bald in den Besitz eines mäßigen festen Einkommens setzen — das heißt, wenn er Etwas gelernt hat und thätig ist. Es giebt jetzt mehr Juristen, welche feste

Anstellungen bekleiden, als Solche, welche auf eigene Faust practiciren."

„Aber bei Besetzung solcher Stellen geht es sehr nach Gunst."

„Nein, in der Regel nicht, oder wenn es nach Gunst geht, so geht es nach der, welcher Sie eben so theilhaftig werden können, als ein Anderer. Dergleichen Stellen werden nicht unfähigen jungen Männern verliehen, weil ihre Väter und Mütter darum bitten. Aber wollen Sie sich nicht einschenken?"

„Ich habe schon genug."

„Nein, nein — schenken Sie sich nur ein und schieben Sie mir dann die Flasche wieder her. Sie denken an die gute alte Zeit, wenn Sie von Juristen sprechen, die lange Zeit arbeiten müssen, ohne Etwas zu verdienen. In dieser Beziehung ist eine bedeutende Aenderung vorgegangen, und zwar zum Bessern, wie Sie natürlich glauben werden. Heutzutage wird Mancher vom Bootrudern und von der Kegelbahn weggeholt, um zum Richter gemacht zu werden. Ein wenig Jus und ein tüchtiger Vorrath an Körperstärke — Das ist es, was man verlangt."

Und Mr. Prendergast verrieth durch den Ton seiner Stimme sehr deutlich, daß er die Weisheit der neuen Politik, von welcher er sprach, durchaus nicht bewunderte.

„Ich glaube aber, fünf Jahre muß man doch arbeiten, ehe man Etwas verdienen kann,“ sagte Herbert immer noch mit dem Ausdruck der Niedergeschlagenheit, denn fünf Jahre sind für einen harrenden Liebenden eine lange Zeit.

„Sonst wurden fünfzehn Jahre unbezahlter Arbeit als ein nicht zu hoher Preis für den endlichen Erfolg betrachtet,“ sagte Mr. Prendergast fast seufzend darüber, daß die Zeiten so ausgeartet waren. „Zu jener Zeit aber waren die Menschen ehrgeizig und geduldig.“

„Und jetzt sind sie wohl ehrgeizig und ungeduldig?“ fragte Herbert.

„Habgierig und ungeduldig wäre vielleicht richtiger gesagt,“ sagte Mr. Prendergast sarkastisch und verbissen.

Es ist traurig für den Menschen, zu wissen, daß es mit ihm im Leben bergab geht, daß die Erfahrung des Alters nicht mehr geschätzt, und die Weisheit desselben nicht sehr gewürdigt wird. Der bejahrte Mann glaubt immer, er sei um sein Lebensglück betrogen worden. Als er in voller physischer Kraft dastand, war er für geistige Erfolge noch nicht alt genug. Mit vierzig Jahren stand er noch im

Begriff, sich die Sporen zu verdienen. Mit fünfzig aber — so ändert sich die Welt — sieht er ein, daß er sein Ziel verfehlt hat. Durch einen unwillkürlichen unglücklichen Sprung ist er aus der Unreife der Jugend in das hinfällige Alter versetzt worden, ohne auch nur zu wissen, daß er jemals in der Blüthe gestanden hat.

Der Mensch muß stets die Gelegenheit bei der Stirn fassen, und er würde dies vielleicht auch thun, wenn sich ihm nicht oft gar keine Gelegenheit darböte. Seine Ebbe verwandelt sich vielleicht niemals in die Fluth, die ihn dem Glück entgegentragen könnte. Während er auf hohen Wasserstand wartet, sinkt die Ebbe immer tiefer.

Mr. Prendergast für seine eigene Person hatte viel Erfolg gehabt, und seine Klagen waren daher mehr philosophisch, als praktisch. Was Herbert betraf, so betrachtete er die Frage durchaus nicht in demselben Licht, wie sein bejahrter Freund, und ward im Ganzen genommen durch Mr. Prendergast's Sarkasmen eher aufgeheitert. Vielleicht war dies auch Mr. Prendergast's Absicht.

Der lange Abend verging sehr gemüthlich und ließ in Herbert's Gemüth den Eindruck zurück, daß er in dem Berufe des Juristen sicherlich den edelsten wählte, durch welchen er sein Brot verdienen könnte.

Mr. Prendergast versprach ihm weder Ruhm noch reichen Lohn, auch führte er keineswegs eine enthusiastische Sprache, er sagte viel von der Nothwendigkeit langer Stunden, langweiliger Arbeit und Verzichtleistung auf Zerstreuungen und Vergnügungen; dennoch aber sprach er zugleich auf eine Weise, welche den Ehrgeiz aufrüttelte und die Sehnsucht des jungen Mannes, der ihm zuhörte, befriedigte. Es lag in diesem Verfahren viel Weisheit, aber auch viel Menschenfreundlichkeit und Wohlwollen.

Und dann nach eilf Uhr, nachdem Herbert die zweite Flasche Claret leeren geholfen, begab er sich zurück in seine Wohnung über dem bedeckten Weg und legte sich zu Bett.

Siebentes Kapitel.

Wie der junge Graf gewonnen ward.

Es mußte nothwendig einige Zeit vergehen, ehe die Gräfin ihrem Sohn auseinandersetzen konnte, daß sie nun Owen Fitzgerald zum Schwiegersohn zu bekommen wünschte.

Sie hatte, als ihr Sohn zuletzt von der Sache gesprochen, einen so standhaften Widerstand gegen Owen entwickelt und sich über die schwelgerische, ausschweifende Lebensweise, die er führte, so entschieden ausgesprochen, daß sie nicht wohl so ohne Weiteres einen entgegengesetzten Ton anstimmen konnte.

Allmählich aber kam sie doch um die Sache herum, sprach von Owen's Glück, wies darauf hin, daß er zu einem reichen Manne besser passe, als zu einem armen, hob alle seine guten Eigenschaften hervor und sagte dann endlich wie unwillkürlich:

„Die arme Clara! sie ist ein Unglückskind, denn früher liebte sie Owen Fitzgerald weit mehr, als sie jemals seinen Cousin Herbert lieben wird.“

„Glaubst Du das wirklich, Mutter?“ fragte der junge Graf.

„Ich bin davon überzeugt. Du verstehst Deine Schwester nicht, Patrick; freilich ist dies aber auch sehr schwer. Ich habe stets die stille Furcht gehegt, daß sie sich jetzt an einen Mann gebunden hat, den sie nicht liebt. Natürlich, wie die Sachen damals standen, war es unmöglich, daß sie Owen heirathete, und es war mir lieb, daß es mir gelang, sie auf andere Gedanken zu bringen. Herbert Fitzgerald aber hat nie ihre Liebe besessen.“

„Aber dennoch ist sie jetzt so fest entschlossen, ihn zu heirathen.“

„Das ist es eben, wo Du sie nicht verstehst. Ihr Herz ist jetzt von seinem Unglück gerührt, und sie glaubt sich durch ihr Wort gebunden, sich mit ihm zu opfern. Dies ist aber keine Liebe. Sie hat nie einen Andern geliebt, als Owen. Und Wer kann sich darüber wundern? Ist er nicht ein Mann, der ganz geschaffen ist, um von den Frauen geliebt zu werden?"

Der junge Graf sagte eine Weile Nichts, sondern schaukelte sich auf den Hinterbeinen seines Stuhls. Und dann, als ob plötzlich ein neuer Gedanke in ihm erwachte, rief er:

„Wenn ich Das glauben könnte, Mutter, so würde ich zu erfahren suchen, was Owen selbst davon denkt."

„Der arme Owen!" sagte die Gräfin. „Ueber Das, was er denkt, kann kein Zweifel bestehen."

Und mit diesen Worten verließ sie das Zimmer, denn sie wünschte nicht, die Conversation über diesen Punkt jetzt weiter zu führen.

Zwei Tage darauf und ohne einen nochmaligen Wink von seiner Mutter erhalten zu haben, ritt er das Ufer des Flusses entlang nach Hap House. Er ließ dabei sein Pferd nicht ein einziges Mal den Fuß auf die Straße setzen, sondern ritt über die Wiesen und setzte über alle Umzäunungen hinweg, wie er mit dem Freund, den er jetzt besuchen wollte, so oft gethan.

Hier an diesen Ufern war er zuerst in die Geheimnisse der Reitkunst eingeweiht worden, und zwar eben durch Owen Fitzgerald. Wie sehr hatte er damals bedauert, wegen Owen's Armuth sich so entschieden gegen sein Verhältniß zu Clara erklären zu müssen! Wie gern hätte er ihn als Schwager begrüßt!

Und während er so entlang ritt und über Gräben und Hecken hinwegsetzte, begann er zu bedenken, wie viel angenehmer der Aufenthalt hier in der Heimath ihm sein würde, wenn er an dem Besitzer von Schloß Richmond einen guten, zuverlässigen Freund und muntern Jagdgenossen hätte.

Sir Owen Fitzgerald von Schloß Richmond — das wäre der Mann gewesen, dem er seine Schwester Clara mit Freuden gegeben hätte!

Als er in die Nähe von Owen's Haus kam, ritt er nach der Hinterseite desselben und fragte einen sich zufällig zeigenden Stallburschen, ob sein Herr zu Hause sei.

„Ja wohl, gnädiger Herr," antwortete der Knabe, und Patrick hörte, wie er flüsterte: „Es ist der junge Graf selbst."

Binnen wenigen Secunden stand Owen Fitzgerald neben ihm. Es war das erste Mal, daß Owen Jemanden von der Familie sah, seitdem die Nachricht hinsichtlich seines Rechts auf die Erbschaft von Schloß Richmond bekannt geworden war.

„Desmond!" rief er, indem er die Hand des Jünglings mit einer der seinen ergriff und die andere auf den Hals des Pferdes legte. „Das ist freundlich von Dir! Ich freue mich sehr, Dich zu sehen. Ich hörte wohl, daß Du jetzt zu Hause wärest."

„Ja, schon seit acht Tagen bin ich es. Es geht aber bei uns jetzt Alles so in die Kreuz und Quer, daß man nicht immer thun kann, wie man will."

Owen verstand recht wohl, was er meinte.

„Ja, es geht allerdings in die Kreuz und Quer, da hast Du Recht," antwortete er. „Steig' aber ab, alter Junge, und komm' herein. Mein Himmel, Deine Stute trieft ja von Schweiß."

„Nicht wahr? Unser Reitknecht versteht vom Abwarten der Pferde ungefähr eben so viel, als ich von — von — von einem Erzbischof. Ich bin blos über die Felder getrabt und über einige Hecken und Gräben gesetzt, und Du siehst, in welchem Zustande das Thier ist. Es ist eine wahre Schande."

„Na, ich weiß schon, wie Du trabest, Desmond, und was Du mit einigen Hecken und Gräben sagen willst."

„Ich kann Dir versichern, Owen" —

„Heda, Patsey!" rief Owen; „führe dieses Pferd von dem Thore bis an den Pfahl dort hin und her, bis der Schweiß abgetrocknet ist, und dann reibe es mit einem Strohwisch, bis die Haut so weich ist, wie Seide. Hörst Du?"

Patsey sagte, er höre allerdings, und Owen legte dann seinen Arm über die Schulter seines jungen Freundes und ging mit ihm langsam nach dem Hause.

„Ich kann Dir nicht sagen, wie sehr ich mich freue, Dich zu sehen, alter Junge,“ sagte Owen, seinen jungen Freund an sich drückend. „Du wirst kaum glauben, wie lange es her ist, seitdem ich ein Gesicht gesehen, für welches ich mich interessire.“

„Wirklich?“ rief der junge Graf verwundert.

Er wußte, daß Fitzgerald nun der Erbe oder vielmehr der Besitzer eines sehr bedeutenden Vermögens geworden war, und konnte nicht begreifen, warum ein Mann, der, so lange er arm war, so beliebt gewesen, jetzt, wo er reich war, auf ein Mal ohne Freunde sein sollte.

„Es ist, wie ich sage,“ entgegnete Owen. „Als Du mich das letzte Mal besuchtest, war Donnellan hier, aber als die Sache ernst zu werden begann, ward ich seiner sehr bald überdrüssig.“

„Das wundert mich weiter nicht.“

„Aber, Desmond, wie befindet sich Deine Mutter?“

„O, sie befindet sich sehr wohl. Es sind jetzt freilich sehr schlimme Zeiten für arme Leute wie wir, weißt Du.“

„Und Deine Schwester?“

„Auch die befindet sich wohl.“

Und nun trat eine Pause ein.

„Es ist, seitdem ich Dich das letzte Mal sah, in Deinen Vermögensumständen eine große Veränderung vorgegangen, nicht wahr?“ fragte der junge Graf nach einigen Minuten.

Und nun erst fiel ihm ein, daß er, nachdem er seine Schwester diesem Manne, als derselbe arm war, verweigert, jetzt kam, um sie ihm, nachdem er reich geworden, wieder anzubieten.

„Nicht als ob dies der Grund wäre,“ sagte er bei sich selbst. „Damals war es aber ja unmöglich und jetzt wäre es so angenehm.“

„Es ist eine betrübende Geschichte, nicht wahr?“ sagte Owen.

„Ja, sehr betrübend,“ entgegnete Patrick, obschon er bedachte, daß er mit einem Herzen voll Freude hierher geritten — voll Freude über eben die Katastrophe, die er jetzt, die Worte seines Freundes nachsprechend wie ein Papagei, für so betrübend erklärte.

Und nun waren sie in dem Speisezimmer, in welchem Owen gewöhnlich wohnte, und Beide standen auf dem Kaminteppich, wie zwei Männer alle Mal stehen, nachdem sie kurz zuvor mit einander ein Zimmer betreten haben. Es war klar, daß Keiner von Beiden es verstand, sofort den unbefangenen, zutraulichen Ton anzuschlagen, in welchem doch Jeder so gern mit dem Andern gesprochen hätte. Es ist so leicht, zu sprechen, wenn man Wenig oder Nichts zu sagen hat, aber oft so schwierig, wenn Viel gesagt werden muß. Dasselbe Paradoxon läßt sich auch auf's Schreiben anwenden.

Owen trat an das Fenster und schaute hinaus in das Gesträuch, in welches Aby Mollett geschleudert worden, als ob er hier seine Gedanken besser sammeln könnte, und nach einigen Augenblicken folgte ihm der junge Graf und schaute ebenfalls hinaus in das Gesträuch.

„Ist nicht kürzlich hier an dieser Stelle ein Fuchs erlegt worden?" fragte der junge Graf, indem er die Stelle durch Kopfnicken andeutete.

„Ja wohl, allerdings," antwortete Owen, und dann trat abermals eine Pause ein. „Ich will Dir Etwas sagen, Desmond," hob Owen endlich wieder an, indem er wieder vor den Kamin trat und mit sichtlich hörbarer Selbstüberwindung sprach. „Wie die Leute sagen: Dein Anblick ist wahrer Augentrost. Ich freue mich aufrichtig, Dich zu sehen. Es kommt mir vor, wie ein Becher kaltes Wasser, wenn man Durst hat. Ich kann aber den Becher nicht an die Lippen setzen, so lange ich nicht weiß, auf welchem

Fuße wir mit einander verkehren wollen. Als wir uns das letzte Mal sahen, sprachen wir von Deiner Schwester, und jetzt, wo wir uns wieder sehen, müssen wir abermals von ihr sprechen. Desmond, alle meine Gedanken drehen sich um Clara; ich träume von ihr des Nachts, und wenn ich des Morgens erwache, finde ich, daß ich mit ihrem Geiste spreche. Ich habe so viel Anderes, woran ich denken sollte, aber ich gehe hin und her und denke an Nichts, als an sie. Man sagt mir, sie sei mit meinem Cousin Herbert verlobt. Ja, sie hat mir dies sogar selbst gesagt, und ich weiß, daß Dem so ist. Wenn sie aber sein Weib wird — das Weib irgend eines Andern, anstatt das meine — so kann ich in diesem Lande nicht wohnen bleiben."

Von der Veränderung in seinen Vermögensumständen, wovon jetzt in der ganzen Umgegend gesprochen ward, sagte er kein Wort. Er sprach von Herbert, aber nicht von dem Unglück, welches diesen betroffen; er sprach von der Hoffnung, die er vielleicht noch in Bezug auf Clara Desmond hatte, aber er machte nicht die entfernteste Anspielung auf jenen Glückswechsel, der nach der Meinung aller weltlich gesinnten, klugen Leute auf seine Hoffnungen und Aussichten einen entscheidenden Einfluß ausüben mußte. Eben um davon zu sprechen, war der junge

Lord Desmond hierher gekommen und hatte beabsichtigt, dann, wenn die Gelegenheit sich böte, davon auf jenes andere Thema überzugehen; nun aber hatte Owen an dem unrechten Ende begonnen. Wenn Patrick jetzt aufgefordert ward, sofort von seiner Schwester zu sprechen, was konnte er da weiter sagen, als daß sie mit Herbert Fitzgerald verlobt sei?

„Sage mir, Desmond: Wen liebt Deine Schwester?" fragte Owen fast ungestüm. „Ich kenne Dich wenigstens in so weit, daß Du, was Du auch denken magst, mir keine Lüge sagen wirst."

Es lag in diesen Worten eine Anklage gegen die Wahrhaftigkeit der Mutter des jungen Grafen — eine Anklage, welche dieser auch recht wohl verstand.

„Als ich mit meiner Schwester sprach," antwortete er, „erklärte sie, sie sei mit Herbert Fitzgerald verlobt."

„Ja, ja, Das weiß ich. — Das bezweifle ich auch durchaus nicht. Es ist mir seit sechs Monaten so oft in's Ohr geschrieen worden, daß es mir unmöglich wäre, daran zu zweifeln. Und sie wird ihn auch heirathen, wenn sich Niemand einmischt und es verhindert. Daran zweifle ich ebenfalls nicht. Aber, Desmond, das ist nicht die Frage, die ich gethan habe. Deine Schwester liebte mich, bis

Deine Mutter ihr befahl, dieser Liebe zu entsagen und ihr Herz einem Andern zu schenken. Daß Clara den Worten nach gehorsam gewesen ist, weiß ich recht wohl, aber ich bezweifle, daß sie in der That im Stande gewesen ist, ihr Herz so hin- und herzuwerfen, wie einen Federball. Ich kann blos sagen, daß ich so Etwas nicht vermag."

Was sollte Patrick ihm antworten? Der Beweisgrund, welchen Owen aufstellte, war gerade derselbe, den der junge Graf geltend zu machen wünschte. Auch er wünschte, daß Clara zu ihrer ersten Liebe zurückkehren möchte. Er selbst war entschieden der Ansicht, daß Owen ein Mann sei, der für ein Mädchen wie Clara weit besser passe, als Herbert. Dennoch aber hatte er, Patrick, sich gegen die Partie erklärt, so lange Owen arm war, und mit welchen Worten sollte er nun, da Owen reich war, das Project ermuthigen?

„Ich habe bis jetzt noch so Wenig mit ihr gesprochen, daß ich es kaum weiß," entgegnete er. „Aber, Owen" —

„Nun?"

„Es ist für mich so schwierig, über diese ganze Sache mit Dir zu sprechen."

„So?"

„Ja. Du weißt, daß ich Dich immer gern

gehabt habe — immer. Nie habe ich einen bessern Freund gekannt, als Dich," sagte Patrick und drückte in seiner knabenhaften Liebe den Arm seines Freundes.

„Das weiß ich Alles," sagte Owen.

„Nun, und dann kam die Sache wegen Clara. Ich war damals noch sehr jung, wie Du weißt" — er zählte jetzt erst sechzehn Jahre — „und verstand von dergleichen Dingen Nichts. Es war mir niemals eingefallen, daß Ihr, Clara und Du, Euch in einander verlieben könntet. Knaben sind so blind, weißt Du. Aber als es geschah — erinnerst Du Dich noch jenes Tages, alter Freund, als wir einander am Parkthor begegneten?"

„Ob ich mich jenes Tages erinnere?" rief Owen. Er hätte sich desselben erinnert, und wenn eine halbe Ewigkeit über seinem Haupte dahingegangen wäre.

„Nun sieh', damals sagte ich Dir, was ich dachte," fuhr Patrick fort. „Ich für meine Person frage, glaube ich, nicht viel nach Geld, Rang und dergleichen. Ich bin arm, wie eine Kirchenmaus, und werde dies auch stets bleiben. Um meinetwillen mache ich mir auch Nichts daraus. Wenn man aber eine Schwester hat, Owen — Du hast wohl nie eine Schwester gehabt?"

„Nein, nie," sagte Owen, die Frage fast überhörend.

„Dann muß man an dergleichen Dinge denken," sagte der junge Graf. „Es wäre mit uns ganz und gar aus — wie es übrigens schon beinahe ist — wenn wir nicht mit aller möglichen Umsicht zu Werke gingen. Ich glaube, ich werde niemals heirathen und Familie haben. Meine Mittel erlauben es mir nicht. In diesem Falle würde Clara's Sohn dann Graf von Desmond, oder, wenn ich stürbe, so würde sie selbst Gräfin von Desmond."

Und der junge Graf machte ein Gesicht, als ob er die personificirte Familienklugheit wäre.

„Das weiß ich Alles," antwortete Owen, „aber Du glaubst doch nicht etwa, daß ich daran gedacht habe?"

„In Bezug auf Dich selbst gewiß nicht," entgegnete Patrick. „Wenn man aber Alles in Erwägung zieht, so steht doch fest, daß es nicht gut für Clara gewesen wäre, wenn sie einen Mann geheirathet hätte, der so arm gewesen wäre, wie Du damals warst. Es ist durchaus nichts Angenehmes, ein armer Edelmann zu sein — dies kann ich Dir versichern."

Owen schwieg wieder. Er wünschte seinen jungen Freund seinen Absichten günstig zu stimmen, aber er wollte dies als Owen von Hap House thun, nicht als Owen von Schloß Richmond. Aus dem

Tone Patrick's, ja sogar aus seinen Worten konnte er mit Sicherheit schließen, daß von einem Widerstande von dieser Seite Nichts mehr zu fürchten sei, und da er dies bemerkte, so glaubte er, daß auch der Widerstand der Mutter vielleicht beseitigt werden könnte. Es war jedoch zugleich einleuchtend, daß der Grund hiervon in seiner veränderten Stellung lag. „Einen Mann, der so arm gewesen wäre, wie Du damals warst," hatte Patrick gesagt und damit erklärt, daß, obschon jetzt die Heirath ganz gut sein könnte, dieselbe doch früher Wahnsinn gewesen wäre.

Die Beweisführung war sehr klar, da aber Owen jetzt immer noch so arm war, wie vorher, und dies auch zu bleiben beabsichtigte, so lag hierin Nichts, was ihn hätte trösten können.

„Ich kann nicht sagen, daß ich so viel Weltklugheit besitze, wie Du," sagte er endlich in etwas spöttischem Tone.

„Ah, ich dachte mir gleich, daß Du dies sagen würdest," antwortete der junge Graf. „Du denkst, ich komme jetzt zu Dir und erbiete mich, die Sache zwischen Dir und Clara wieder in's rechte Gleis zu bringen, weil Du reich bist."

„Aber kannst Du denn die Sache zwischen mir und Clara wieder in's rechte Gleis bringen?" fragte Owen begierig.

„Nun, ich weiß es nicht," sagte Patrick. „Meine Mutter scheint allerdings zu glauben, es könnte so sein."

Und Owen versank abermals in Schweigen und ging mit den Händen auf dem Rücken im Zimmer auf und ab. Das Einzige, was er in dieser Welt als wünschenswerth betrachtete, war also doch noch innerhalb seines Bereichs. Er hatte also doch Recht gehabt, als er geglaubt, daß dieses Gesicht, welches ein Mal so liebevoll zu dem seinen emporgeblickt, der wahre Spiegel des Herzens gewesen und ihm eine Liebe verkündet, die keiner Veränderung unterworfen war. Es war eine Wahrheit, daß Clara, nachdem sie auf Befehl ihrer Mutter einen Bewerber angenommen, nun Erlaubniß erhalten hatte, wieder zu ihm, Owen, zurückzukehren.

Während er dies so überdachte, wunderte er sich über die Ausdauer und den Gehorsam eines Frauenherzens, welches auf diese Weise Alles, was ihm heilig war, auf den Wunsch einer andern Person aufgeben konnte.

Aber selbst Dies, obschon es für Clara durchaus nicht schmeichelhaft war, verminderte keineswegs das Entzücken, welches er fühlte. Er fühlte sich von dem Stolze beseelt, daß er niemals aufgehört hatte, zu glauben, sie liebe ihn. Erfüllt von diesem Gedanken, den er nicht auszusprechen gewagt, war er in Gram und Düsterheit versunken umhergegangen, seitdem die Nachricht von Clara's Verlobung mit Herbert zu ihm gedrungen, und nun erfuhr er, wie er glaubte, mit Gewißheit, daß sein Glaube ein fest begründeter gewesen. Trotz Allem, was geschehen, liebte Clara Desmond ihn noch!

Und nun dachte er an die Wiederaussöhnung, welche ihm jetzt angeboten ward, und fragte sich, ob er dieselbe annehmen oder zurückweisen sollte. Das Anerbieten ward ihm gemacht, weil man glaubte, er sei Sir Owen Fitzgerald von Schloß Richmond, ein Baronet mit zwölftausend Pfund jährlicher Einkünfte, anstatt eines armen Squire, dessen Weib sehr ökonomisch zu Werke gehen müßte, wenn sie den festgesetzten Küchenetat nicht überschreiten wollte.

Daß er Sir Owen werden würde, dies hielt er für wahrscheinlich, aber dabei hatte er sich auch fest vorgenommen, nur Sir Owen von Hap House, aber nicht von Schloß Richmond zu werden. Lange, lange hatte er hierüber nachgedacht und gefühlt, daß er niemals wieder glücklich werden könnte, wenn er als Eigenthümer seinen Fuß über die Schwelle jenes Hauses setzte. Jeder Pächter hätte ihn verachtet, jeder Diener ihn gehaßt, jeder Nachbar ihn verdammt, aber alles Dies wäre wie Nichts gewesen gegen seine Selbstverachtung und Selbstverurtheilung.

Wie groß war jetzt diese Versuchung! Wenn er sich dazu verstand, sich Herr von Schloß Richmond zu nennen, so konnte Clara's Hand noch sein werden. So dachte er.

Wer aber Clara Desmond besser kennt, als er, weiß, wie falsch seine Hoffnungen waren. Sie war nicht das Mädchen, welches zu einem Bewerber, den sie zurückgewiesen, als er arm war, zurückkehrte, nachdem er reich geworden.

„Desmond," sagte Owen, „komm' und setze Dich hierher."

Und Beide setzten sich an den Tisch und stützten sich darauf, so daß ihre Arme sich berührten.

„Ich glaube nun Alles zu verstehen," fuhr Owen dann fort, „und merke wohl, lieber Freund, Wen ich auch tadeln möge, so tadle ich doch Dich nicht. Daß Du es aufrichtig und ehrlich meinst, davon bin ich überzeugt, und es giebt überhaupt nur eine einzige Person, welcher ich Vorwürfe mache."

Er sagte nicht, daß diese einzige Person Patrick's Mutter sei, aber der junge Graf verstand dies eben so gut, als wenn es ihm gesagt worden wäre.

„Ich weiß nun Alles," begann Owen wieder, „und ehe wir weiter sprechen, muß ich Dir Eins sagen: „Ich werde niemals Besitzer von Schloß Richmond sein.“

„Wie! — Ich glaubte, es wäre schon Alles entschieden!“ rief der junge Graf, indem er überrascht aufblickte.

„Nein, es ist noch gar Nichts entschieden,“ antwortete Owen. „Zu jedem Handel gehören zwei Parteien, und ich bin noch keine Partei des Handels geworden, der mich zum Besitzer von Schloß Richmond machen soll.“

„Aber gehört es Dir nicht von Rechtswegen?“

„Ich weiß nicht, was Du von Rechtswegen nennst.“

„Nun, ich meine nach dem Erbfolgerecht,“ sagte der junge Graf, welcher, da er kraft desselben seit so vielen Jahren aufrecht erhaltenen Rechtes zu seinem Range gelangt war, dasselbe als das Palladium des Landes betrachtete.

„Schau her, alter Junge, und ich will Dir meine Ansichten hierüber mittheilen,“ hob Owen wieder an. „Als Sir Thomas Fitzgerald die arme Frau heirathete, welche jetzt noch auf Schloß Richmond wohnt, that er dies offen vor dem Angesicht der Welt und in der festen Ueberzeugung, daß er sie zu seinem rechtmäßigen Weibe mache. Ob jemals schon ein solcher Fall vorgekommen ist, weiß ich nicht, wohl aber bin ich fest überzeugt, daß diese Frau vor dem Auge Gottes Sir Thomas' Wittwe ist. Herbert Fitzgerald ist als Erbe dieses ganzen Besitzthums erzogen worden, und ich sehe nicht ein, wie er mit Recht dieses Rechts beraubt werden kann, weil ein anderer Mensch ein Schurke gewesen ist. Den Titel kann er, glaube ich, nicht bekommen, weil das Gesetz ihm denselben nicht geben wird; das Besitzthum aber kann ihm überliefert werden, und so weit ich dabei betheiligt bin, wird es ihm überliefert werden. Keine irdische Rücksicht soll mich bewegen, meine Hand daran zu legen, denn wenn ich dies thäte, würde ich mich als einen Räuber und Schuft betrachten."

„Du meinst also, Herbert werde Alles behalten, gerade so, wie es zuvor war?"

„Gerade so, was das Besitzthum betrifft."

„Aber warum ist er dann fortgegangen?"

„Für ihn kann ich nicht stehen. Ich kann Dir blos sagen, was ich thun werde. Ich glaube, es werden Monate darüber vergehen, ehe Alles in Ordnung gebracht ist. Du weißt aber nun, Desmond, wie ich stehe. Ich bin Owen Fitzgerald von Hap House, wie ich von jeher gewesen bin, Dies und weiter Nichts — denn was den Stiel betrifft, den man mir an meinen Namen setzen wird, so verlohnt es nicht der Mühe, davon zu sprechen."

Sie saßen immer noch am Tische, und Beide versanken nun in Schweigen. Sie sahen einander nicht an, sondern hielten die Augen auf den Tisch geheftet.

Owen hatte in seiner Hand eine Feder, die er von dem Kaminsims genommen, und begann mechanisch Figuren auf die glatte Fläche zu zeichnen.

Der junge Graf stützte die Stirn auf beide Hände und überlegte, was er nun sagen solle. Er fühlte, daß er für seine Person seinen Freund nun mehr liebte, als je zuvor; wenn aber seine Mutter dies Alles hörte, was sagte dann diese?

„Du weißt nun Alles, Patrick," sagte Owen endlich aufblickend, und indem er dies that, hatte sein Gesicht einen Ausdruck, den Patrick noch niemals darauf wahrgenommen zu haben glaubte. In seinem Auge glänzte ein heller Schimmer, obschon nicht der Freude, und seinen Mund umspielte ein Lächeln, welches so anmuthig und doch zugleich so wehmüthig war!

„Wie ist es möglich, daß sie ihn nicht liebt?" sagte der junge Graf bei sich selbst und an seine Schwester denkend.

„Na," hob Owen wieder an, „nun geh', Desmond, kehr' zu Deiner Mutter zurück und sage ihr Alles. Sie hat Dich doch erst hergeschickt."

„Nein, sie hat mich nicht hergeschickt," sagte der Knabe in fast zornigem Tone. „Sie weiß nicht ein Mal, daß ich hier bin."

„Nun dann kehre zu Deiner Schwester zurück."

„Auch diese weiß Nichts davon."

„Nun dann kehre nichtsdestoweniger zurück zu ihnen und sage Beiden, was ich Dir gesagt habe, und dann sage ihnen auch, daß ich, Owen Fitzgerald von Hap House, Deine Schwester Clara immer noch über Alles liebe, was die Welt mir sonst geben könnte. Es giebt überhaupt nichts Anderes, was ich wirklich liebe — ausgenommen Dich, Desmond. Aber sage Deiner Mutter und Deiner Schwester auch, daß ich noch Owen von Hap House bin und weiter Nichts."

„Owen," sagte der junge Graf, und Fitzgerald sah, indem er dem Knaben in's Gesicht blickte, daß in seiner Brust Etwas erwachte, was ihm fast das Sprechen unmöglich machte.

„Schau' her, Desmond," fuhr Fitzgerald fort, „glaube nicht, daß ich Euch, wenn Ihr Euch von mir abwendet, tadeln oder Euch eigennützig nennen werde. Ihr thut, was Ihr für recht haltet. Was Du vorhin von der Möglichkeit meiner Verheirathung mit Deiner Schwester sagtest, sagtest Du in der Voraussetzung, daß ich jetzt ein reicher Mann sei. Jetzt dagegen findest Du, daß ich noch ein armer Mann bin, und Du kannst jene Worte als niemals gesprochen betrachten."

„Owen!" sagte der junge Graf wieder, und Das, was vorher in seiner Brust aufstieg, stieg ihm jetzt in Stirn und Wangen empor und verrieth deutlich, was in seinem Innern vorging. Er erhob sich von seinem Stuhl, wendete das Gesicht ab und ging nach dem Fenster.

Ehe er aber zwei Schritte gethan, drehte er sich wieder herum, warf sich an Fitzgerald's Brust und brach in einen leidenschaftlichen Thränenstrom aus.

„Na, alter Junge, was ist denn Das?" rief Owen. Aber auch ihm standen die Thränen in den Augen, und auch er war kaum im Stande, zu sprechen.

„Ich weiß, Du wirst denken, ich sei ein Knabe und ein — Narr," sagte der junge Graf schluchzend, „aber — a — ich kann nicht anders."

„Ich glaube, Du bist der beste, trefflichste Kerl, der jemals gelebt hat," sagte Fitzgerald, ihn mit dem Arme drückend.

„Und ich will Dir sagen, Owen," hob Patrick wieder an, „Du solltest Clara morgen bekommen, wenn es in meiner Macht stände, denn beim Himmel, es giebt in der ganzen Welt keinen Mann, der eines braven Mädchens so würdig wäre, wie Du. Und Das werde ich auch Clara sagen, mag meine Mutter sagen, was sie will. Und, Owen, möge kommen, was da wolle, so werde ich stets Deine Partie nehmen."

Und dann trat Patrick auf die Seite, rieb sich die Augen mit dem Arme und versuchte auszusehen, wie ein Mann, der sein Versprechen in Folge reiflicher Ueberlegung, nicht von dem Impuls des Augenblicks getrieben, giebt.

„Es kommt," sagte Owen, „Alles darauf an, Wen Deine Schwester liebt. Sprich allein mit ihr, Desmond, sprich sanft mit ihr und suche dies zu ermitteln."

Er sagte dies mit gutem Bedacht, denn nach seiner Meinung sollte die Liebe immer noch den Ausschlag geben.

„Beim Himmel! Wenn ich an Clara's Stelle wäre, so wüßte ich, Wen ich liebte," sagte Patrick.

„Als Geschenk möchte ich sie nicht haben, wenn sie mich nicht liebte," sagte Owen stolz; „wenn sie mich aber liebt, so habe ich das Recht, sie als mein Eigenthum zurück zu verlangen."

Und dann schieden sie, und der junge Graf ritt

nach Hause in ruhigerem Schritt, als welcher ihn hierher gebracht, und in anderer Gemüthsstimmung. Er hatte nun Owen sein Wort gegeben — nicht Owen von Schloß Richmond, sondern Owen von Hay House — und er beabsichtigte, dieses Wort wo möglich zu halten. Er war durch die Seelengröße seines Freundes so besiegt worden, daß er die Sorge für seine Familie und seine Schwester vergaß.

Ende des fünften Bandes.

www.ingramcontent.com/pod-product-compliance
Lightning Source LLC
Chambersburg PA
CBHW022356020726
47500CB00002B/310

* 9 7 8 3 7 4 3 6 5 5 3 5 5 *